Life with Father

跟父亲一起过日子

[美国] 克莱伦斯·戴 著
吕叔湘 程玮 译

译林出版社

图书在版编目（CIP）数据

跟父亲一起过日子/（美）克莱伦斯·戴（Clarence Day）著；吕叔湘，程玮译．—南京：译林出版社，2018.11

书名原文：Life with Father

ISBN 978-7-5447-7553-3

I.①跟… II.①克… ②吕… ③程… III.①儿童故事－作品集－美国－现代 IV.①I712.85

中国版本图书馆 CIP 数据核字（2018）第 238485 号

跟父亲一起过日子　[美国] 克莱伦斯·戴 / 著　吕叔湘　程　玮 / 译

责任编辑　彭　波
装帧设计　赵　瑾
内文插图　墨七七
校　　对　朱　墨
责任印制　颜　亮

出版发行　译林出版社
地　　址　南京市湖南路 1 号 A 楼
邮　　箱　yilin@yilin.com
网　　址　www.yilin.com
市场热线　025-86633278
排　　版　南京展望文化发展有限公司
印　　刷　江苏凤凰通达印刷有限公司
开　　本　880 毫米 × 1240 毫米　1/32
印　　张　5.625
插　　页　5
版　　次　2018 年 11 月第 1 版　2018 年 11 月第 1 次印刷
书　　号　ISBN 978-7-5447-7553-3
定　　价　25.00 元

目录

父亲带我见世面

A Holiday with Father

作为奖励，父亲有时候会带我去他的办公室。当然，这样的机会少而又少，一般只有在星期六上午，学校没课的时候。跟着父亲去办公室的这一天，我觉得自己很重要，很像一个大人。说得准确一点，母亲和三个弟弟用崇敬的目光送我离家的时候，我就会有这种感觉。

如果下雨，父亲会穿雨装。他戴着圆顶硬礼帽，一件黑色橡胶雨衣套在他常穿的燕尾服外面。(父亲对着装是很重视的。只有在很热的时候，或者夏天离开纽约去乡下的时候，他才会穿普通的西装。) 如果有太阳，他会戴上一顶丝质的礼帽，手里拿一根手杖。他的那些朋友也是这样。在大街上相遇时，他们会互相举一下手杖，再扶一下帽檐，表达敬意。

我很欣赏这种优雅的礼仪，也很希望能模仿一下。可是，我还太年轻，不适合拿手杖。我很低调地穿着一件外套，那种像胡椒粉和盐末混杂在一起的颜色，下身穿短裤。我戴着宽大平整的白色伊顿假领，像18世纪80年代的男孩每天早晨外出时穿的那样。这套服装同时也用于参加晚宴。我还有黑色的系带或带扣的靴子，黑色的袜子。只有夏天在乡下，我们才穿棕色。

这个星期六，虽然有太阳，可父亲还是戴着他的圆顶硬礼帽。我后来才明白其中的原因。我一蹦一跳地走在他身边。他穿过麦迪逊大街两旁那些美观的棕色石头建筑进入第六大街，跨上几级台阶，站在高架火车的站台上，跟一个也在等着火车的熟人聊天。

不一会儿，小小的、圆乎乎的蒸汽火车在拐角出现了。它的车头是敞开的，满满地装着无烟煤块，后面拖着三四节车厢。烟囱里吐着白色的烟雾。火车司机把身体探出窗外。火车突突突地响着，就像在轨道上喘着粗气。我们上了车，悠闲地穿过车厢。父亲找到了他喜欢的座位，我们便坐了下来。

火车穿过城市。火车头的烟雾有时很浓，影响了我的视野。我入迷地盯着那些红砖廉租房，透过那些为流浪者提供的住房的窗口看进去，这些二层楼的房子里挤满了人。我真羡慕里面的流浪者。他们看上去是那么的无忧无虑。他们穿着舒适破旧的衣服，坐在斜靠着墙的椅子上，除了抽烟，什么也不用干。假如我也是一个流浪者，那我就不需要每周五都把手指洗得干干净净，戴上紧巴巴的白手套，在跳舞学校和一个蠢笨的女孩子在打过蜡的地板上拖过来拖过去了。其实，他们的生活也不需要花什么钱。在流浪者的旅舍上面，有大大的字写着："十美分一夜。"

这样的情景，我只有跟着父亲进城时才会看见。母亲连高架火车都没见过，这是新事物。母亲认为马车更好些。而且，女士们根本就不喜欢充满了烟灰和煤渣的第六大街。需要购买日常生活用品时，她们有时候也到西边来买东西；往东，她们会走到列克星敦那里。大部分时间里，她们就在这两个区域之间细长狭窄的街区里走动。

我和父亲下了车，来到一个拥挤密集的街区。那里只有男人，年长的、年轻的，没有一位女士。如果那里突然出现一顶柔软的女士帽子，大家一定会惊讶万分。办公楼大部分都很陈旧，有些甚至很脏，带有破旧的木头楼梯和昏暗忙碌的地下室。股票交易所和百老汇大街上都是这样的拥挤之地。就连华尔街上，也有一些这样的地方。华尔街南边和百老汇大街的交界处是最繁忙拥挤的。我们经过的时候，父亲用手杖指点着说："拉弗尼亚姨祖母就出生在这里。"

从分析研究部大楼后面过去不远，就到了一个外观整洁但十分狭窄的五层楼前。我们走上门口的台阶。这是华尔街三十八号。父亲的办公室就在楼底层。在二楼的楼梯后面，父亲还有一个小仓库。

办公室里忙忙碌碌，我觉得很神秘。那个严禁我进入的铁笼子里有一个出纳员。他坐在一张凳子上，身边放着一只现金箱，还有一个保险柜，里面装满了账本，另一个保险柜里装满了证券，还有一只铅皮箱子里装着邮票，他在那里分拣着。有一两个会计师正用漂亮的字体在一本巨大的、皮革封面的簿子上抄写着什么。他们把浆洗平整的白衬衫假袖摘了下来，挂在一个角落里。他们换下黑羊驼毛西服，穿上普通夹克。那些未来的会计师或未来的经纪人，目前暂时还是办公室的小职员，正飞快地跑进跑出。西联银行的紧急电报接二连三地送进来。在办公室外间有一张长条桌，上面放满了铁路业务的公文，通报着盈利和交易的情况。那时候，股市里只有二三十种工业股票在交易。父亲的办公室完全忽略了这些交易。桌上和周边放着《商务经济报》、《商业报》、一块黑板和一个股票行情自动收录器。桌子周围坐着四五位上了年纪的先生。其中两位正在恨恨地议论着亨利·沃德·毕奇[1]，另外的几位正对着某个拯救劳工团体摇头，这个团体竟然提出一天只工作八小时的愚蠢建议。

父亲走进他的私人办公室，煤炉里燃烧着小小的火焰。他把帽子挂到钩子上，打开办公桌的锁，坐下。在他阅读邮件的时候，我自豪地把两罐墨水拿进去。绿黑色的是英国产的。还有一罐墨水，是父亲专门用来抄写文件并保存在自己的档案里用的。我清洗了父亲的墨水瓶，把它们灌满墨水，再把清洁的蘸水笔放在他的笔架上。在家里，父亲用的是羽毛笔。但在办公室里，他用的是钢笔。没有人帮他写信，公司的大部分信件都是他自己一个字一个字写出来的。

在办公室里，除了给墨水瓶加墨水以外，还有很多事情可以做。在大街上跑来跑去送信（现在已经被电话代替了），或者让彩色铅笔从斜面写字台的上端滚落到下端，或者把打字机换行的手柄移来移去，让它发出叮当一声响。打字机在那时候还是一个新发明，只有在很重要的时候，才使用打字机打字。到了这样的时刻，某个会计师，或者是某个小职员，不得不暂时停止手里的工作，专门来打字。

[1] 美国牧师，也是当时最雄辩的演说家之一，强烈反对奴隶制度。

很快就到中午了。客户们离开了办公室，股票行情自动收录器停了下来。十二点半的时候，父亲跟我说，我们出去吃午饭。

“戴先生，您还回来吗？”出纳员恭敬而急切地问。如果父亲回答说“回”，那么所有的雇员就会看上去很失望的样子，默默地在自己的办公桌前低下头，一直等到父亲出门。如果我此时停下来多待一刻，就会听到他们把手头的卷宗重重地摔在桌上。按规定，只要父亲不回家，不只是他们，还有那些小职员也都必须继续干活，连抽烟也不允许。

不过，今天，父亲回答说“不回”。父亲还没跨出门槛，我就看见所有人都把手伸向了火柴盒。当父亲走进过道时，他们的手都已经伸进裤袋掏香烟了。

我和父亲肩并肩，向着比瓦大街一座古老庄重的大楼走去。它看上去好像是一家好客的乡村酒店。楼上有绿色的百叶窗和狭窄的阳台。精美的窗帘微微卷起。顺着台阶走上去，就到了一个带白色圆柱的大门前。

这是德尔莫尼科餐馆，它的食品是那么精美，甚至连我都已经听说过了。这样的格调很合父亲的品味。

德尔莫尼科餐馆底层呈三角形，三角形的顶端是门厅。我们到的时候，那里非常拥挤。那些头戴丝质礼帽的先生在从容不迫用餐的时候，突然记起在华尔街还有某件紧急的事务要处理，彬彬有礼地但急切地从人群里用力挤出去。

当我和父亲走进长长的、拥挤的大厅时，领班立刻用夸张的姿势把我们领到一张为两个人准备的桌子前。空气里充满了雪茄和菜肴诱人的味道。大厅一侧站着一位像官员一样的外国人。当他的目光跟父亲的目光相遇时，他恭恭敬敬地向父亲鞠躬致意。

“劳伦佐，”看见他向我们走来，父亲对他说，“这是我儿子。”

我有点尴尬地向他点头致意。劳伦佐·克里斯汀·德尔莫尼科先生也向我鞠了一躬，表示很高兴跟我认识。

在他离开以后，一直为父亲服务的侍者老弗朗切斯科，迅速来到我们身边。他和父亲用法语讨论着点什么样的菜。他们相互之间飞快地说着，我一个词也没有听懂，只大概明白弗朗切斯科建议我们用帕菲蒂门特酱汁。我猜测上一次父亲在这里吃饭时，也用了这酱汁，但显然有些不满意。

在这样的情况下，我发现，弗朗切斯科掌握了一门独特的艺术。对于这种糟糕的事，他本人显得比父亲还要恼火和生气。通常情况下，他会立刻让人撤走这道菜，尽快送来另一道菜作为赔偿。德尔莫尼科家族的一个成员，劳伦佐或者查尔斯，也会按常规来到桌前，弯腰审视送给父亲的新菜，为这不愉快的事件喃喃地向父亲道歉。

不过，今天的酱汁，还有其他的一切，不只是令人满意，还非常完美。父亲和弗朗切斯科用一种庆贺的方式相互点头微笑。我曾经不明白，为什么父亲那会儿在德尔莫尼科餐厅没有像在家里那样大发雷霆。现在我明白了，也许他在自己的家里觉得很孤独，缺乏内行的支持。

父亲偏爱法国菜，也喜欢法国侍者。在家里，他不得不接受一位爱尔兰女仆，而且每几个月就更换一次。还有家里的菜，虽然也很好吃，但不是法国菜。如果菜对他的胃口，他会带着由衷的喜悦享受家里的饭菜，就好像一个城里人喜欢农村人家简单美味的菜肴一样。

我自己不是那么喜欢法国菜。它的口味没什么问题，只是太精致了，而且量也太少。在我看来，父亲的午餐太清淡了。他喝摩卡咖啡的时候，看到我脸上饥饿的表情，露出了理解的微笑。他笑着向弗朗切斯科招招手。弗朗切斯科微笑着给我送来一大块巧克力蛋糕，沉甸甸的，那浅褐色的滑润的巧克力是那么美味。时间在那一刻停顿了，我甚至忘了自己在什么地方。

午饭以后，我们没有马上回到城里。这一次，父亲带我去了炮台公园。在南码头，我惊喜地发现父亲带我上了渡船。这样的事情还从来没有发生过。现在我知道他今天为什么戴着一顶圆顶硬礼帽了：因为我们要到市郊去。我们的蒸汽船驶过了海湾，海湾里停满了帆船、四桅船、拖船和平底船。当我们在史泰顿岛上岸的时候，父亲说，我们去看水牛城比尔。

我们走上摇摇晃晃的木头看台，在布满裂缝的长凳上坐了下来。一个野性的西部世界立刻展开在我们面前。尘土四起，骏马奔驰。神奇的骑士们在马背上用来复枪毫不费力地击中空中的玻璃球。牛群，套索，铜管乐队，印第安人袭击仿古的邮递马车，救援总是出现在最后一刻。可是，援兵还没出现时，父亲已经急急忙忙地拉着我出去了，因为要赶轮渡。透过出口处的门缝，我朝里面最后瞥了一眼。

在回家的路上，我对父亲说，我要做个牛仔。父亲笑着说，不，你不能做牛仔，牛仔跟流浪汉差不多。

我不敢肯定我是不是最好马上对他说，其实在这个早上，我已经有过当流浪汉的想法了。可是，父亲把我带进了德尔莫尼科餐厅，我觉得在那以后说出我的这个想法很不合适。最后，我只得问他，为什么他认为牛仔不好。

父亲简单地说，他们只是活着，吃喝，勉强有个容身之地，跟社会格格不入。他们崇尚野蛮，最后自己也成了野蛮人。

“你把帽子戴正了，”他提醒我，“我正努力把你培养成一个有教养的人。”

我把帽子扶正，一边走路，一边思考着自己的未来。我越思考，越不愿意当一个有教养的人。做有教养的人意味着像今天这样吃一顿清淡的饭，又累又饿，意味着干净的指甲、有学识的书籍、交谊舞练习，还有周日傍晚的祈祷，等等。当然，有教养的人可以得到一块沉甸甸的巧克力蛋糕。可跟前面的那一切相比，这巧克力蛋糕的分量还是太轻了。

马背上的父亲

Father on Horseback

父亲的体重增加了，这让他很不高兴。父亲向来瘦削健壮，身板笔直，走路的时候轻快、迅捷。增加的体重对他是个负担，他不能接受。有些人认为这是一件很自然的事，父亲认为这种想法很可笑。对他来说，发胖意味着慵懒和拖沓，他决不容忍。

他在俱乐部里跟别人探讨过这个问题。对父亲来说，俱乐部就像小酒馆之于穷人，咖啡馆之于伦敦人一样，是社交生活的中心和源泉。从办公室回家的路上，他会先拐到那里去坐半小时左右。晚上九点钟，母亲上床以后，他还会到俱乐部玩玩棋，打一两场台球。他从不玩扑克牌。或者，他会跟布朗将军一起喝一点威士忌加苏打水，或者，在那里跟某个他平时不感兴趣的国外要员打个招呼。也或者，他会向别人请教怎么可以解决发胖的问题。

俱乐部里有人建议他长距离散步。可父亲一向坚持散步。于是,俱乐部的人建议他练习骑马。

父亲认为,练习骑马的最好办法是再加入一个俱乐部。于是,他加入了东五十八大街的马术俱乐部。那个俱乐部为他提供了马厩等设施。父亲在俱乐部的马道上练习了一阵以后,开始去公园里骑马。

那时候的公园其实就是一大片空地,空地上有一圈跑道,一点杂草、一棵杂树都没有。这很对父亲的胃口,他不喜欢乱糟糟的地方。即使是自然景色,父亲也希望一切井井有条。从那时起,父亲就把公园当成自己的家。如果跑道上的草没有除干净,或者跑道上躺着废纸,他会觉得是对他的不恭敬。

他的第一匹马是一匹强壮的枣色马,名叫罗伯·罗伊。这马不喜欢我父亲,我父亲更不喜欢它。不过,这看起来好像并不重要,父亲甚至根本没有考虑这个问题。他买下这匹马是因为它刚烈、健壮,能快跑,还很漂亮。父亲为此付了三百美元,希望它能绝对听从他的指令。

可罗伯·罗伊有自己的想法。它天性独立而自主,它只从自己的角度考虑问题。它压根儿就没有考虑过要为父亲服务。这么一来,事情就糟糕了。

我记得发生在公园大门口的这一情景。那是一个温暖的秋日的清晨。父亲骑着罗伯·罗伊从俱乐部前往公园。他们俩都很健壮，各自沉浸在自己的思考中。他们沿着公园跑道漫步，看上去是一幅十分美好的画面。然后，问题出现了。父亲还想继续骑马，可罗伯·罗伊不愿意了。我不知道为什么罗伯·罗伊突然这么不合作。也许它对父亲驾驭它的方式不满意。不管怎么说，它停下了脚步。父亲抽了它一鞭子，罗伯·罗伊原地打转。父亲狠狠地拉紧缰绳，又抽了它一鞭子，罗伯·罗伊开始暴跳如雷。

他们对峙着。父亲愤怒地一次次抽打罗伯·罗伊。罗伯·罗伊暴躁地跺着蹄子原地不动。双方都开始淌汗，很有可能淌了一公升的汗水。谁都不愿意让步。

不过，罗伯·罗伊有一整天的时间，而父亲没有。骑完马，他得去办公室上班。他断定罗伯·罗伊发了疯。他们回到俱乐部。罗伯·罗伊被带进马厩，有人擦干它身上的汗水。父亲走进俱乐部更衣室，吉米也在等着为他擦干身上的汗水。

吉米是一个和蔼可亲的老人。他问：“戴先生，这一趟遛得很满意吧？”

“满意个鬼！”父亲简短地回答。他拿上自己的手杖离开了。

这野蛮的清晨争斗让我们全家十分震惊。我们连做梦也想象不出，竟有人（或牲口），敢违抗父亲的意志。罗伯·罗伊对父亲的冲撞，差不多就像撒旦对上帝的对抗一样！罗伯·罗伊被蒙上一层黑暗神秘的光芒。可不知怎么的，我觉得相当恐怖。

据说，在上帝和撒旦的对抗中，上帝赢了。有时候，也有一些反面的观点。但我们很虔诚地接受了正统的观点。在父亲和罗伯·罗伊漫长的较量中，我们总是坚信父亲会赢。可我现在明白，罗伯·罗伊也许持有全然不同的观点。最后，父亲以卖掉罗伯·罗伊，打赢了这场战争。

在我们男孩子看起来，这是放逐。罗伯·罗伊被遗弃了。也许对它来说，父亲不过是一位不太受欢迎的骑士。可在我们看来，它在年纪轻轻的时候，就被放逐出了这个世界！很多年以后，当我们提起罗伯·罗伊，我们还觉得它是一个稀有的、昏头昏脑、神经错乱的家伙，而且竟然敢不知天高地厚地反抗父亲。

罗伯·罗伊是纯种枣色马。接替它的是一匹瘦弱的棕色马，叫布朗尼，它是混血。罗伯·罗伊是一个冒险者，布朗尼是一个目光悲哀的哲学家。虽然也有不少充满冒险精神的哲学家，但我认为大部分哲学家都是比较圆滑变通的。布朗尼属于这一类。父亲想到哪里，布朗尼就带他到哪里。它从不像生根一样站在原地，也从不用蹄子乱蹬，它永远顺从父亲的意志。可它和父亲之间还是有一点小小的分歧。布朗尼总是比父亲先疲劳，它渴望休息。可它并不坚持，也不为自己争取休息的权利，它只是以消极偷懒的方式进行抗议。父亲准备策马飞奔上山再下山，承担这一任务的布朗尼却慢慢吞吞，以它喜欢的速度磨蹭着。它一慢下来，父亲就用鞭子抽打它。它对探险不感兴趣，它的圆滑变通能力也开始减退。父亲抽打累了，最后不得不放弃。

总的来说，他们双方相处得还可以，父亲成了一名热情的骑士。他总是喜欢谈论骑马。他说得那么多，甚至连母亲都认为他变得太自私了，因为他只一个人享受骑马的乐趣，从不带家人分享。既然在公园里骑马这么有趣，那我们也想跟着试试。

父亲回答说，他很希望能带我们分享。可惜，只有一匹马。

这么一说，全家都沉默了。不过，没多久，母亲又有话说了：为什么我们不能在父亲骑完以后再去骑呢？

这个主意实在是太不理智、太不实际了。父亲马上予以否决。他认为这只能反映出，母亲根本不懂马。他说，布朗尼连让他一个人骑都不能胜任,怎么可能让更多的人骑。

母亲坚持说,那父亲必须再买一些马。

父亲有点吃惊。他一直想让我们得到最好的生活,也担心因此宠坏了我们。他采纳别人的建议开始了骑马,可他并不想让全家都骑马。因为工作繁重,他想用这种方式放松一下。可谁会想到,现在全家竟然都想在公园里遛马。该死,他应该放弃骑马,把马卖掉!

当然,他根本不会这样做。他为自己买了一匹年轻的、生性愉快的马,把可怜的老布朗尼留给了我们兄弟几个。

父亲面对疾病

Father is Firm with His Ailments

我们要是生了病，父亲会很生气。一般来说，他总是很健康，所以他认为我们也应该这样。他希望我们不要因为自身的虚弱和疏忽，给他本来就很沉重的生活再增加负担。

父亲不怕疾病。他根本就不把疾病放在眼里。那些关于病菌的理论，在他看来，根本就是时髦的胡话。他说在他的记忆中，他小的时候，连病菌这个词都不存在。也许，确实有一些看不见的小虫子，那又怎样？他健康得足以对付这帮小虫子。“这种可恶的病菌如果真的存在，也甭想在我这里占到什么便宜，”他说，“去它的！”

在父亲看来，母亲根本不懂怎么对付疾病。在大部分时间里，他很敬重母亲，觉得这样的女性在世界上找不到第二个。他经常跟我们说：“你们的母亲是一个出色的女人。”可是，如果她生了病，他可就很不满意了。

母亲生病的时候，喜欢一个人躺在床上，静静地养病。父亲有时候会听到她发出一两声低低的叹息。其实她并不希望被他听见。父亲坚定地认为，母亲其实没有哪里不舒服。他说，根本看不出她有什么病痛的迹象。

可是，母亲病得越难受，就越不愿意开口。而这样一来，父亲就更不相信她真的有什么不舒服了。我不在家的时候，母亲有一次给我写信说："他不明白我为什么在床上躺这么长时间，可结肠炎是一种很痛苦的病。病人必须平躺在床上静养。医生昨天向他解释过了，他回答说：'谢谢上帝，我从来没有听说过这种该死的毛病。'他很恼火，一个人竟然会生这种奇怪的病，让医生在家里进进出出，打扰他的生活，这对他来说，简直是种屈辱。"在"一个人"这三个字下面，母亲还画了道线。

有时母亲伤风，他也很烦躁。母亲伤风的时候，只要身体还能支持，她总是坚持起床，在脖子上裹一条毛巾，苍白疲惫，忍受着折磨。有时候她实在坚持不住了，就躺在床上呻吟。

父亲闷闷不乐地走来走去，认为一切都很愚蠢。他说母亲其实没什么事。一个人认为自己生病了，并不等于这人真的有什么病。这只是表明，这人个性太懦弱。他经常对母亲说，在病痛面前退缩，是多么可悲。在这个时候，他越想磨炼母亲的意志，母亲就越反感。甚至当母亲无法站起来，需要他扶一把的时候，他还坚持认为，母亲只不过偶尔需要他的帮助。

父亲也需要母亲的帮助，或者说，需要母亲的陪伴。他从来没有掩饰过这个秘密。一旦母亲病了，父亲就会觉得自己很无助。

一般来说，傍晚五点至六点，他会按时从办公室回家。到家第一件事就是满屋子寻找母亲。如果母亲不在家，他就会觉得很空虚，很失落。

在一个傍晚，将近六点的时候，他推开母亲的睡房门。房间里黑洞洞的，只有壁炉里燃烧着有气无力的火苗，看上去随时可能会熄灭。空气里充满了金缕梅和樟脑精的味道。母亲脖子上围着一条围巾，静静地躺在黑暗中。

“薇妮，你在吗？”父亲用比平时更高的声音问，因为他有点不安。

母亲呻吟着说：“走开！”

“什么？”他惊讶地问。

“走开，哦，走开吧！”

“真该死！”他说着走了出去。

“克莱尔[1]！”

“怎么了？”

“你不把我的房门关上吗！？”

父亲咬着牙，把门关上了，那响声吓得母亲一颤。

父亲对自己说，她根本就没病，她明天早上就会好了。然后他一个人胃口很好地吃了晚餐，在用餐时觉得有点孤单，还多喝了一杯波尔多葡萄酒，多吃了几块饼干和一块奶酪。傍晚显得很漫长，很无聊，因此他还多抽了两支雪茄。

第二天早上，吃过早饭以后，父亲又到母亲的睡房里去。壁炉里的火苗熄灭了，两条皱巴巴的毛巾扔在一张椅子上，在昏暗的晨光中，气氛悲惨。父亲站在母亲的床尾，见母亲还没有康复，露出一个痛苦的表情。他还能跟谁笑，跟谁斗嘴呢？因为忧伤，他的表情变得松弛。

“怎么了？”母亲疲倦地看着父亲低语道。

“没什么！”他大声说，“没什么！”

“那么，看在上帝的分上，克莱尔，你就别再进来，别让我看这么苦恼的脸了。”母亲请求他。

---

[1] 父亲全名克莱伦斯，克莱尔是母亲对他的爱称。

“你这是什么意思？什么脸？”

“唉，你快走吧！”母亲请求他，“一个人生病的时候，想看一看亲切微笑的面孔。如果你站在这里瞪着我，我根本不会好起来的！请你这次关门时轻一点，让我一个人待着。”

在门外，我问父亲，母亲怎么样了。他强笑着说：“已经好多了，可她还不能下床。不过，今天早上她听上去已经康复很多了。”

父亲自己生病的经历是极其少的。三十多岁的时候，他得过一场持续了三个星期的痛风病。从那时起，一直到他七十四岁那年得了肺炎以外，他几乎没有生过什么严重的病。他说，大部分毛病都是自己想象出来的。他根本就不信。

即使是肺炎，他也不愿意轻易认可。“这是医生想象出来的。”他说，“我其实就是感冒了。”我们原来的家庭医生去世了。新医生和两个训练有素的护士采取的第一项措施，就是用很大的劲把父亲控制在床上。

新医生有着海水一样的蓝眼睛，很温柔。他跟病人交谈的时候，总是微微地笑着。但他对严重的病情判断迅速而果断，是我们附近最好的医生。母亲把他请来，还因为母亲对他的表妹很有好感。

当父亲病情加重的时候，医生警告他说，这是真正的肺炎，如果他不遵从医嘱，很可能好不了，特别对于一个七十四岁的人来说。

父亲躺在床上，瞪着眼睛说："先生，我并没有请您来。您也不需要站在我面前，命令我该怎么做。我对你们这些医生很了解。你们以为你们懂很多，其实你们什么都不懂。把您的药片还有别的什么东西交给戴女士，她相信这个。我们之间没什么好说的。门在那边，先生，再见。"

可是，不管怎么样，医生没有离开。令人惊讶的是，医生最后还是说服了父亲，让他相信他真的生病了。医生把他一个人留在睡房里，让他独自消化这个不幸的消息。医生焦虑而疲惫地走进过道，跟母亲简短地商量了几句。当他们站在父亲睡房门口低语的时候，他们听到父亲在低声地跟自己说话。现在，他明白他真的生病了。他开始向上帝求救。"怜悯！"他们听到他愤怒地喊，"我说，怜悯，该死！"

父亲要是受了什么病痛之苦，就会将之归咎于上帝。当然，他从来没有想到，也许上帝就是想要他尝尝痛苦。他不会想到，也许是上帝想要惩罚他，使他的心灵更纯洁。他的理解似乎是，上帝要么笨手笨脚的，要么昏头昏脑的，才造成了这

样的错误。

尽管上帝和医生都不给力，父亲还是战胜了肺炎，就像四十多年前战胜痛风病一样，靠的是他的手杖和一个名叫老龙德斯的按摩师。

在跟痛风病抗争的时候，父亲坐在壁炉前的大扶手椅上，把疼痛不已的脚架在板凳上，高举着手杖。这手杖不是用来走路的。他走路的时候用另一只脚单腿跳。他把手杖作为跟病痛抗争的武器。他使全家人都提心吊胆。如果有人胆敢走进房间，他就狠狠地摇晃着手杖，让那人离得远远的。

父亲允许老龙德斯接近他。但老龙德斯也被警告过。如果他做错了事，父亲的手杖就会敲打在他的脑袋上。父亲觉得，如果没有手杖，他不知道龙德斯会对他做什么。有了手杖，龙德斯就会小心得多。所以说，在手杖的帮助下，父亲康复了。

这一经历坚定了他的认识，一切疾病都可以依靠坚强的意志战胜。

如果得了伤风，他的诀窍是，要用暴力把咽喉清理干净。他不是惊天动地地擤鼻涕，就是用力地打喷嚏。母亲反感他打喷嚏，因为他太使劲了。她说，她能感觉到他把病菌喷出半个房间远，这肯定会传染别人的。可父亲认为这是胡说，他说他的喷嚏是健康的。话还没说完，我们就又听到一声像小号一样的喷嚏。

除了难得伤风以外，他唯一的敌人是偏头痛。他认为这是因为吃得太多的缘故，只要不吃，就能把偏头痛彻底根除。真正的饥饿是需要一定时间的。也许要好几个小时不吃饭。可一旦不再头痛，他就马上开始吃饭、抽雪茄。

这样的偏头痛开始发作的时候，父亲躺在床上，紧闭双眼大声喊叫。头痛的程度可以通过他叫喊声的恐怖程度来判断。他的想法似乎是，他想让偏头痛明白，他跟偏头痛一样强大，不，比它更强大。当他头痛躺到床上时，就会传来一连串恐怖的叫喊声。

我觉得，父亲的性格决定了他的勇气。虽然他没有说过他有勇气。他不太喜欢这么说自己。但是，他讨厌那些没有勇气，或者根本就是胆怯的人。他不愿意掩饰他的病痛。正好相反，他大声地说出来，用他最大的声音。勇气对于他来说，不是沉默地忍受，而是对头痛进行暴力性的反击。

母亲请求他说，即使是偏头痛，在晚上最好也安静一点，不要叫喊得整座房子都不得安宁。可他根本不听。当母亲对他说“克莱尔，别这么大声叹气！”，他用斗士一样的目光紧盯

着她，似乎有人企图禁止一位斗士发出战斗的吼叫一样。

一个傍晚，父亲发现母亲非常担心，因为爱玛姨妈得了一种流行性疾病，在当时是很危险的一种病。

“哈，这算什么！”父亲说，“爱玛什么事也没有。你知道，那些人连生病也要赶时髦。他们听说很多人在生这种病，就害怕了，然后就相信自己也被传染上了。他们于是躺到床上，请医生去看病。医生！都是废物！”

“可是，亲爱的克莱尔，如果是你得了这样的病，你会怎么办呢？”

“我会把它治愈，别人也可以。”

“你怎么做呢？”母亲怀疑地问。

“我？我就这么对它说：‘都是废物！’”

唱歌的才能

The Gift of Song

那年我大概十岁，乔治八岁。有一天，父亲突然想起来要让我们接受一些音乐训练。有很多东西，他认为男孩子是必须学习的，比如说游泳，擦自己的皮鞋，记账。虽然学校不教，但这都是他期待男孩子必须掌握的技能。现在他突然认为，我们的教育里也应该有音乐这部分。他认为每个孩子都应该会演奏一两件乐器，还应该会唱歌。

他也许是对的。他的想法很有道理。可是，孩子跟孩子是不一样的。我根本没有一点音乐细胞。

父亲好像没有考虑过这一点。在他看来，孩子就是一块未经雕琢的原石，做父亲的有责任对他进行雕琢。我说，我不会唱歌。他说，胡说。他走到钢琴前面，弹了一组音阶，清了清嗓子，唱起来：“哆—来—咪……”他很投入地唱了一遍，再把高音阶和低音阶各唱了一遍。然后他转向我，让我跟着他的琴声唱。

我一点点勇气都没有。我又认真地跟他说了一遍，我真的不会唱歌。他笑起来。“你怎么知道你能做什么，不能做什么？”他用和蔼但坚定的口气说，“我让你怎么做，你就怎么做。”他总是那么自信，除了相信他，我别无他法。很可能，他能够发现一个男孩自己也不知道自己有的才能。当然，这有点令人怀疑。但是，如果他说我能唱，那我就能唱。

我顺从地站在他面前。他弹出第一个音。他从来不愿意多做解释。我大概知道他想让我怎么做，就大声地跟着发出一个声音。

“不，不，不！”父亲厌烦地说。

我们又试了一遍。

“不，不，不！”他把那个音弹得更响。

我们又试着重复一遍……

慢慢地，我明白了，我得跟着钢琴的那个声音唱。可我根本不知道怎么可以做到这一点。钢琴发出的那个声音跟我的声音完全不一样。对于那些不同的音符，我可以分辨出它们之间的差别。可这帮不上我什么忙。每个音符对我来说都是陌生的。钢琴这一端的一个琴键发出很低沉的声音，钢琴那一端的一个琴键发出很尖锐的声音。我也可以让我的声音变得很低沉，或者很尖锐，或者适中。但在这些之外，我实在做不到了。

差不多一个小时过去了，我还是站在原处，注意力高度集中。父亲还在强迫我唱。我们完全陷入了僵局。他不愿屈服，我不能屈服。有两到三次，我觉得差不多就要唱对了，可我的声音不听我的指挥，我也不相信我能指挥它。我认为我的声音没法达到我对它的要求。父亲坚持着，让我发出那些古怪的发音。哆，来，咪，发，梭，拉，西，哆！真是一个噩梦，后来父亲干脆放弃了让我唱整个音阶，只是让我发出一个音——哆。当他弹音符的时候，我继续张大嘴巴，大声喊出那个哆，希望碰巧能唱对。他皱着眉头，用力敲打着琴键。我继续大喊："哆！"

乔治坐在客厅的沙发上，同情地看着我。他的日子比我好过些。乔治是一个好弟弟。他崇拜我，爱我，我也从心底里喜欢他。可我总是在他前面充当试验品。父亲所有当父亲的经验首先是从我身上获取的。他这个人对孩子抱有太多不切实际的幻想。在我的身上，他的那些幻想被一点点地磨灭了，但他还在顽强地坚持着。只有在长期的斗争以后，他才会慢慢放弃一点。最后，他很失望，很生气。而我每次都觉得一败涂

地。我真心希望父亲偶尔也在弟弟们身上尝试一下，虽然对他们有点残酷，但我至少能松口气。可是，不。失望之后，他又有了新的计划。作为最年长的孩子，这新的计划又会从我开始试验。当父亲在我身上做试验的时候，乔治和另外两个很快乐地躲在后面看热闹……

母亲穿着长长的裙子走了进来。父亲顽强地在钢琴上弹着第九千遍的哆，我稳稳地站在那里，绝望地喊着哆。

“为什么，克莱尔？！你在干什么？”母亲喊。

父亲跳了起来。我认为，他很愿意有这样一个解脱的机会。这能让他停顿下来，而不会丢了面子。当然，他不愿意为此丧失一丁点的尊严。从他的角度看，母亲没有足够重视这个问题。而且，他真的对我的表现很生气。他把一部分火气释放在我身上，现在开始把另一部分释放到母亲身上。他说，她最好快点离开他和他的儿子。他表示，他决不会因此受到干扰。他猛地把钢琴盖合上。他说，总是有人跟他过不去，他真的是受够了，他不想这样忍受下去了。然后他离开客厅把自己关进了房间。

“你马上还得下楼。”母亲冲着他的背影说，“汤已经端到桌子上了。”

“我不想吃晚饭。”

“哦,克莱尔！别这样！那是牡蛎汤！”

“一点也不想吃！”他用力关上房门。

我们很震惊地在饭桌前坐了下来。我很疲劳,但是这汤救了我的命。在炖得浓浓的、白白的牛奶和牡蛎汁里,还有很多肥大的牡蛎。我拿了很多小片的脆面包,还有法式烤面包片。我把面包浸在汤里,真的是太好吃了。可惜法式烤面包片太少了。这又是父亲喜欢吃的,我们得留给他。不过,汤的分量很足:整整一大盆。我们每人都添了两次。

吃到一半的时候,父亲下楼了,依然一副气呼呼的样子,但还是喝了汤。我认为,他已经被气得半死,所以这汤也救了他的命。肉、豌豆和土豆也上来了。他已经忘了生气的事了。

在我们家的餐桌上,总有新的烦恼或者是有趣的事冒出来,让父亲没有时间为之前发生的事情生气。

不过,他很愿意忘却那些琐碎的、不愉快的事情。虽然有些事情也让他很难忘记。比如说,母亲不理解他对孩子们的教育计划,让他成了一个说话没用的角色,他的威信因此受到挑战。还有,我是一个笨拙的小孩,培养起来很麻烦。

但这些问题都没有影响他的胃口。吃完以后,他点燃雪茄,冷静地坐着,深深地吸了口雪茄,喝着清咖啡。我说:“父亲，晚安。”他微笑地看着我，就像一个陶瓷工匠审视一团稀有的陶土一样。然后，他友好地拍拍我的肩膀。我就上床睡觉去了。

高雅的乐器

The Noblest Instrument

父亲外出了几天，去调整老铁路线更新的问题。他回来的时候雄心勃勃，准备把家里也调整一下。尽管培养我当歌唱家的计划失败了，但他还是坚持我们应该学习音乐。他把我们几个男孩子叫到身边，对我们说，必须学会演奏一件乐器。“克莱伦斯，你学习小提琴。乔治，你学习钢琴。朱利安，嗯，朱利安还太小。不过，你们两个得开始上音乐课了。”

我听了他的指派很震惊。对一个十岁的孩子来说，自由支配的时间被占用简直就是灾难临头。本来我们放学以后玩游戏的时间就已经很少了。现在，一个星期里面有三天，还得挖出一大块时间去学乐器。而且，我们马上就意识到，每天还必须挤出一块时间专门练习。

乔治坐在客厅的钢琴前，他真心诚意地学着弹钢琴，对自

己的学习成果很是自豪。他的运气不错。他不是一个天才的钢琴家,但他还是有一点音乐天分的。而且,他还占了一个优势,那就是他的乐器很坚实。他不需要小心翼翼地捧着它,生怕一不小心就掉到地上摔坏了,而且也用不着去调音。钢琴有很多优势。

可我的经历实在太恐怖。可怕的是,从阳光灿烂的街道回到家,我就会被直接关到我们家临街的窄小黑暗的地下室,在那里上音乐课。这还仅仅是灾难的开始。

整个过程实在是不可思议。小提琴本身就是奇特的、易碎的物品,比雪茄烟盒结实不到哪里去。我必须小心翼翼地对待它。把它放进琴盒时,稍不小心,就有损坏的危险。我的老师,他也非常奇特,身上有一种奇怪的泡菜的味道。

我相信,也许他并不是那么古怪。可他跟我遇到的所有人都不一样。也许,他比我认识的那些人更好,可我看不出来。他是一支交响乐队的优秀提琴手,很严肃的一个中年人,也许是因为生活所迫,不得不出来教小孩子学乐器。

他穿着一件黑色的、皱巴巴的袍子,戴一条褪色的金表链和小小的黑框眼镜。他的小提琴是黑色的,很漂亮,抛过光,看起来很顺手。

我的小提琴则是笨重的、崭新的,一点不顺手,还是浅色的。

小提琴属于那些充满激情的音乐爱好者。可我不属于这一类人。我喜欢听乐队演奏那种铿锵的，我们可以跟着节奏大步行进的音乐。我必须努力再努力，才能勉强用口哨吹出它的几个音符。我的老师不了解这一点。他问候我的时候，就像问候一个天才的苗子。

他教我怎么用下巴夹住小提琴，怎么让手指头在琴弦上移动，怎么握琴弓，怎么拿琴弓在琴弦上拉动，从而使琴发出声音……

做母亲的是否记得自己孩子出生时的第一声啼哭呢？我反正一直记得我的新小提琴发出的第一声陌生的吱呀声。

当时，我的老师M先生，就好像喝了一大杯醋一样。他倒吸一口冷气，紧咬嘴唇，闭上了眼睛。当然，他并没有期望我刚开始就能拉出动听的琴声。可是，这第一声里有着一种不属于这个地球的嘶叫声。他抓过我的琴，仔细研究了一番，让自己的琴弓在上面轻轻滑过，温柔地安慰了一下我的小提琴。这只是一把崭新的、做工不是特别讲究的琴，但他拉出的声音还是很自然，能听出不同的音符。它不是特别优美，但至少听起来还是这个地球上的声音。

他小心地把琴还给我。我再次把它夹到下巴下面，小心地用手托着。我特别注意握弓的手势。我抬眼看着他，等待着。

“再来。”他紧张地说。

我慢慢地举起琴弓，拉下去……

这一次，我家地下室里同时发出两声恐惧的叫喊。一个声音来自我的小提琴，另一个声音来自M先生的心脏。

M先生很快恢复了常态，他坚强地对我微笑着。他说，如果我想休息一下的话，他不会反对的。他好像觉得我也许需要平躺下去，恢复一下。可我并没有觉得我需要躺下休息。我唯一的愿望是让这音乐课赶紧结束。可是，M先生好像还没有从受到的打击中恢复过来，他没法继续教我。他绝望地四处看了一下，找到一本乐谱。他说，他准备先给我讲解一下乐理。我们肩并肩地坐在窗台上。他把乐谱放在膝盖上，指着那一个个符号，向我解释它们的含义。

过了一会儿，他感觉好多了。他自己拉起小提琴，让我看他手指的滑动。最后，他鼓起勇气让我再次拿起小提琴。“柔和一点，我的孩子，柔和。”他恳求我，然后转过身去面朝墙壁……

不管怎样，我们终于上完了这堂音乐课。那真是非常恐怖的经历。有一部分时间，他差不多被我一遍遍拉出的噪声逼疯了。另一部分时间里，他表现出各种痛苦和不适。他闭上眼睛，就像病了。他不断地看着自己的表，不断地摇晃着它。但他终于坚持到了下课。

那是星期三。谁也不知道，在他星期五来给我上第二堂课的时候，他需要有着怎样的勇气。不过那时候，我不太设身处地为别人着想。他真的又来给我上课了。不过，这一次他的态度改变了，他变得很严厉。他把生气转为严厉，把伤心转为仇恨。不是他对我不友好，而是他不再把我当成教课对象。他轻声自言自语着，有时抓过一张纸，在上面写出一些数字加起来，然后又把它撕掉。

上第三堂音乐课的时候，我看见他眼睛里流出了眼泪。他上楼找到父亲，说他非常抱歉，他实在觉得，我永远没有可能学会拉小提琴。

父亲不喜欢这样的话。他说，他真心觉得我一定可以的。他简短地驳回了M先生的话。可怜的M先生两分钟以后不得不步履蹒跚地回到地下室。其实他是怀着宁可失去报酬也要说出实话的坚定决心上楼去的。回来的时候，他虽然还没失去报酬，但他看上去已经丧魂落魄，神经和理智似乎已经彻底崩溃了。他的思维变得很迟钝，不停地自言自语。他用刻

薄的词汇诅咒美国，诅咒自己的命运。

但他不再挣扎，他接受这一切就像接受自己的命运。他看待我，就像看待一个不祥的、非人类的，可他不得不与之打交道的生物。对他来说，这是一种必须接受的、糟糕的，不，简直是恐怖的经历。

他不是那个唯一受折磨的人，至少他的痛苦不是孤独的。母亲刚开始接受了这一恐怖的经历，她以为情况会慢慢好转。但是，在一两个星期以后，我听到她在和厨娘玛格丽特谈论这事。当时我正站在地下室奋力跟音阶搏斗。母亲下来后，站在厨房门口的过道上，轻声说："天哪，玛格丽特！"

我偷看着她们。玛格丽特正在烤一只蛋糕。她的脸扭曲着，向着上天高高举起双手，然后垂了下来，紧握双拳。

"玛格丽特，我不知道我们该怎么办。"

"可怜的孩子，"玛格丽特轻声说，"他实在折腾不下去了。"

我的自尊心很受伤。她们把我看成一个笨蛋。可我希望我干什么都能干好。

我发誓要做好这件事。历史告诉我们很多这种做了错误决定的后果。它们是人生中最黑暗的时期，因为人们因此忍受了很多没有意义的痛苦。不过，我对历史了解得很少。我

只看到一丝浪漫的亮光——我要像一个英雄那样，即使一切是徒劳的，我也要坚持到底。

当然，在地下室里我看不到任何成为英雄的可能。英雄需要战场这样的地方。我只知道，我看上去是那么可笑，这实在太伤我的自尊心了。我其实根本不想学拉小提琴，或者是学音乐，可既然我学了，我得让她们看看，我完全能够做到！男孩子常会花大量的时间去努力向别人证明，他们不可笑，他们不像人们想象得那么荒谬。

慢慢地，M先生和我都发现，我是近视眼。因为演奏小提琴必须笔直地站在那里，我没法凑到前面去看乐谱。M先生一开始没有意识到，是因为这个原因，我才经常拉错音符。当他和我最终发现了这一问题以后，他突然充满了新的希望。他认为他已经找到了根本原因。如果这个问题解决了，那我可能就能像其他人那样演奏小提琴了。

可我们两个都不敢去向父亲指出这个问题。我们知道，要说服他承认我的眼睛不是完美的，这实在太困难了。在他的想象中，他的儿子像他一样完美。我们觉得，他会认为，我们是在给他找麻烦。我们最好还是避免发生这样的情况。M先生把他的眼镜借给了我。我戴了还真合适。它自动地把不清楚的灰色音符转变成奇怪的、发亮的、扭曲的音符。最主要的是，它把音符变得很亮，这样我看起东西来就比较清楚了。我一直清楚地记得这副小小的眼镜，细细的、灰扑扑的老眼镜。M先生对此事比较紧张。他总觉得我会把眼镜摔坏。如果这是正常的眼镜，那还比较安全。可这是一副夹鼻眼镜。我得学会怎样让它在我的鼻子上保持平衡。因为我的鼻梁太窄，我没法把它夹在离眼睛很近的地方。我得把它夹在鼻子的中部，这样眼镜才不会滑落下来。因为乐谱架太高，我还得微微抬起我的头。M先生有时候会提醒我别让它掉下去。没有眼镜的他基本成了睁眼瞎。我全部准备就绪后，就开始练习音阶。

整个漫长的冬天就这样过去了。我从来没有关心过家人，可他们总是在关心我。我们的房子是用火炉供暖的。火炉有一个很大的热气管，这个热气管穿过所有的墙壁，在每个房间有一个暖风口。只是，这热气管也同时传送着声音。这样一来，整栋房子都能听到我的小提琴声。

在我练琴的时候，没有一个人可以安心做任何一件事。如果有客人来访，他们很快就告辞了。母亲甚至没法唱歌给小宝贝听。她得等待，看着钟，等着我完成漫长的音阶练习。时间一到，她就下楼对我高声说，可以结束了。她见到的我总是满头大汗，头发都湿透了。就连我的衣服，也因为练习过猛，差不多快冒出蒸汽了。她摸摸我的衣领，说我得换一件衣服。“哦，妈妈！不！”因为我急切地想要出门玩耍。她认为我应该把满身的汗水擦干以后再去玩雪。现在想起来，我才明白，她只是把我的衣领当成一个温度表，测一下我的体温。

对母亲来说，这是一个很艰苦的冬天。我觉得她也在为腹中的小宝贝担心。有时候她试着跟父亲谈论我的问题。可父亲谁的话都听不进。他如顽石，坚决反对中止我的音乐课。

叔本华在争论的技巧中提到，弱者如何在争论中狡猾地偷换概念，把争议的焦点不知不觉地转移到对自己有益的角度。父亲对叔本华一无所知，他也不屑偷换概念。但是，不管怎么样，他有一种与生俱来的争论技巧。第一，他声音有力，而且他暴躁如雷。他不停息地说着，震撼着对方的耳膜。第二，他永远认为他的对手是错误的，即使他的对手在某些方面取胜了，也对他毫无影响。他能毫不费力地把争论的重点转移到对他有利的角度。当妈妈说，她可以肯定我在音乐方面毫无天赋，他是怎么反驳的？为什么，他说，小提琴是人类发明的最高雅的乐器。他从这一点上开始跟母亲争论，当然大获全胜。他认为，能够练习小提琴，是一个男孩子最大的幸运。不能指望任何男孩子立刻就成为演奏大师，这需要时间。

他的体会是，一切都需要时间，最后的结论是：绝不放弃！

在他的一生中，他说，尽管有很多挫折，但他从来没有放弃过。他会坚持下去。我也应该像他那样。他说，没有人知道他克服了多少困难。如果他遇到挫折就放弃的话，他现在会是一个什么样的人呢？他的家庭又在哪里呢？这个问题的答案很清楚：也许我们过着非常贫穷的生活，在贫民区挣扎；也许，我们根本就不存在。如果父亲不坚持，我们都不可能来到这个世界上。

跟父亲的经历相比，我的小提琴练习简直就是不值一提。我真的受到了激励，再次鼓起勇气，面对困难。就连我的老师也被这种坚韧的精神激励了。他跟父亲年龄相仿，可他就没有挣到父亲那么多的钱。他在这位成功人士的面前，深深低下了他的头。如果他，M先生，也很成功的话，他就不用给男孩子上音乐课了。就因为需要钱，所以他不得不坐在黑暗的地下室里。他甚至认为他应该变得聪明一点。当父亲摇晃着食指教训他怎样摆脱金钱危机时，他像聆听上帝的声音一样毕恭毕敬地听着。他也已经相信，坚持就是成功。

就这样，我们家临街的地下室成为我们坚守信念的地方。

没多久，我请求M先生让我学习演奏乐曲。尽管我从来没能用口哨吹一段完整的乐曲，可我还是很喜欢听乐曲的，我相信练习乐曲比练习音阶更有意思。这当然是为了我自己，我从来就没有考虑过别人的感受。

我怀着敬意听着M先生嘀咕着，他对我的提议表示种种怀疑。最后，M先生翻到一本破烂陈旧的乐谱，为我，也为我的邻居们找到了一首最简单的曲子。

春天到了，各家的窗户都打开了，这首曲子于是迅速家喻户晓。

当作曲家在麦迪逊大街听到这首他当年充满柔情写下的曲子时，内心会有怎样的感受呢？那些曾经友善的邻居咬牙切齿地诅咒着这首曲子。我把这首曲子深深刻入了他们的心底。当然，不是原曲，而是我独特的演奏方式。这是我唯一能演奏的曲子，所以，我坚定不移地一遍又一遍地演奏着它。

即使是恐怖故事，重复多次以后也就不再恐怖了。可是，我演奏出的恐怖每次都是不一样的。当然，我湿漉漉的手指按出的音符基本上还是忠于原曲的。可我手指滑动的位置每次都不一样，或者在某一个节奏上卡住了，或者是慢了一拍，或者是某一个音符突然很响亮。每天下午，当我演奏到这些关卡的时候，邻居们不管在做什么，都会停下手里的活儿。他们知道那一声痉挛即将到来，他们提心吊胆地等待着这个关卡。

是什么使得我同一支曲子每次拉得都不一样呢？我得解

释一下。小提琴每一根琴弦的顶端都绕在一个琴轴上，这些琴弦必须绷紧才能发出准确的音调。M先生上完课走的时候是把琴弦调准了的。可是，如果一根琴弦断了，或者我把一个琴轴弄松了，那琴弦就松弛了，拉不出声音了。我必须重新调整琴弦。没有音乐天分的我，能不能调准那些琴弦当然是个问题。

我的邻居们当然不知道我把那些琴弦调得紧了还是松了。连我自己也不是很清楚。我尽可能地绷紧琴弦，直到它能发出声音为止。我和琴弦都不知道，它们每天会发出怎样的声音。这么一解释，大家就明白为什么同一支乐曲每次演奏出的声音都不一样了吧。

整整一个春天，那些悲惨的、恐怖的乐曲每天从地下室临街的窗口传出去，在空气中飘荡近一个小时，不管是下雨还是出太阳。整个春天里，我天天带着我的邻居们不断地向上攀爬，然后来到某一个关卡，从岩石上摔下去，哀叫声从空中划过。

母亲听到了太多的抱怨，不得不再次采取行动。她跟父亲说，这件事无论如何都应该终止了。“这可怕的噩梦不能继续下去了。”她说。

“妇人之见！”父亲不屑一顾。

母亲哭起来。她诉说了她经历的折磨。父亲说，她夸大其词了。她对于我琴声的描绘实在是太过分，太歇斯底里了。他吼着说，她总是很冲动，她应该学会冷静。

“可你在城里，你不用听琴声！”

父亲实在不相信她的话。

她试着激发他的羞耻之心，告诉他，邻居们说的话是多么难听，他得为我那恐怖的琴声负责。

他实在无法认可这一点。他认为这全是我的问题。他给我找了一位好老师，买了一把好琴。他辩解说，简单来说，他已经做到最好了，天下没有哪个父亲能比他做得更多。如果我还拉出恐怖的琴声，那一定就是我的错。他对母亲说，她应该更加严厉地管教我。如果需要的话，她应该让我练习得更勤奋一些。

这是压倒骆驼的最后一根稻草。因为我已经实在没办法更加勤奋了。当母亲把父亲的意思转告给我的时候，我什么也没说。可我的身体在反抗。自觉也是有限度的。而且，我想出去玩。外面是春天。当我听到别的男孩子在外面玩的时候，我就缩短了练琴的时间。我开始上音乐课迟到，有时候甚至忘了去上。慢慢地，我的音乐课停止了。

父亲对此很不满意。我记得，他最后的理由是，我的小提

琴花了他二十五美元，如果我不继续学琴，这钱就浪费了。他不能接受这一点。不过，他考虑到，我的小弟弟朱利安以后可以学琴。然后，夏天到了，我们去海边待了三个月。父亲没有精力考虑我学琴的问题。我自由了。

在秋天的某一天，我看见小朱利安被带到我们家临街的地下室里，取代了我的位置。我不记得他们让他在那里待了多久，可能有好几年吧。他有音乐天分。我相信，他拉得很好。这对M先生来说，应该是一个愉快的结局。可惜，父亲为朱利安找了一位年轻的老师。父亲说，M先生是个失败者。

父亲教我守时刻

Father Teaches Me to Be Prompt

父亲要我们按时下楼吃早饭，他很重视这件事。我不是不想守时刻，但是从来没有想到最好比规定的时刻早点儿下去。我的打算是赶最后关头溜进去。因此，我常常迟到。

我的兄弟们也常常迟到，只有乔治例外。他是父亲所有儿子中唯一十分可靠的。父亲指给我看，乔治下来得多早，竟有工夫在钢琴上练习几分钟。

乔治早早下楼的原因是他急于要趁父亲还没把报纸拿到手先看一看体育新闻；他接着弹一弹钢琴是为了报告我们几个昨天球赛是哪一队得胜。他专为这个发明了一套暗号。我们靠在楼梯扶手上，一边穿袜子穿鞋，一边听他宣布结果。我现在已经记不起他选定的那几支曲子的名字，大概的意思是：要是他弹一支轻快活泼的曲子，那就是巨人队赢了；要是飘到我们耳朵里的是一曲哀歌，那就是普勃·安逊把他们打败了。

因为父亲不赞成职业的棒球赛，我们便不把我们的密约告诉他。他过他的生活，我们过我们的，就在他的眼皮子底下。他一走进饭厅就从乔治手上把报纸拿过去，乔治跟他说了早安，坦然走进客厅。于是，当父亲一边隔着客厅门看着他，一边看报上的政治新闻大标题的时候，乔治就把棒球新闻在钢琴上弹出来。父亲常常带笑地教训他别弹得那么重，但是乔治觉得非那么重不可。我们的寝室在房子的顶上，他要我们一定听得见，哪怕是正在刷牙。乔治做事情向来不含糊。他不但是尽他的力气捶琴，还捶了一遍又一遍，父亲则不耐烦地自言自语："过犹不及。"

在楼上，照例有一番讨论，关于乔治播送的新闻的真相。乔治的钢琴教师不让他学弹流行的歌曲，要是那些，我们就容易辨别了。乔治小小的乐谱里头那为数不多的古典曲子远远地听起来都是一个样儿。乔治弹这些曲子很用心也很卖力，但是不很体贴作曲人的心意。他认为弹琴的规则有好些复杂得毫无必要。

事实是，他是唯一守时刻的孩子，父亲很喜欢，买了一块表给他，表背后刻上："乔治·巴姆莱·戴，永远守时刻。"父

8:00-12:
声乐训
14:00-17
音阶训

亲跟我说，因为我是长子，他本来打算先给我一块表的，并且把替我买的那块表拿给我看。那块表跟乔治的一模一样，只是背后一个字还没有刻。父亲说他很惋惜，不得不把这块表暂时藏一边，等我能够早早下来吃饭的时候才拿给我。

一天又一天过去，我在这方面可说毫无进步。磨蹭已经成为我的习惯。有时候我的迟到颇为严重。有一天早上，早饭已经吃了一半，我身上还只穿上一条羊毛衬裤。父亲一只手拿着餐巾站在过道里朝上头叫唤，说他不能忍受，叫我立刻就下去。我愤愤地说我的衣服还没有穿好，父亲说他不在乎。“你就那样下来！”他咆哮如雷。我很想就依他的话办。可是想了一想，这里头也许有圈套，我只是尽我的力快快穿衣裳。父亲怒容满面地吃了和平常一样饱足的一顿早饭，我战战兢兢地也吃了和平常一样饱足的一顿早饭。不管有什么事，我们俩在吃食上从来都是不折不扣的。我有时候会后悔不该吃这么多，可是父亲似乎从来不感觉有什么影响。

母亲跟父亲说，要是他把表给了我，她相信我一定能有进步。父亲不信，并且说这不是教育孩子的好办法。母亲要证明父亲的话不对，就打开她的首饰匣子，拿出一块早先属于她表姑母的表给了我。论起这块表的价值，那是不该随便拿给孩子们戴的。她说，她要我好生爱护。我答应母亲一定当心。

可是我后来才知道这块表异常脆弱。它太老，我太年轻。我们不是天生的伙伴。这块表的前、后盖都是金的，薄薄的两片；前盖上原来有旧主人的名字，母亲把它刮了，因此一按那个盖子，中间就瘪了下去。还有，那个盖子盖得紧紧的，表盖和表盘之间没有多大空隙，只能安一片极薄的玻璃，在表盖上轻轻一压，那个玻璃就破了。

自然，自从出过一回乱子以后，我再也不敢压着表盖。我很小心，要是别的孩子也都小心，就一切不成问题。可是我没有办法叫他们很小心。每逢我跟人打架，无论是真打假打，我一定告诉我的对手，别捅我左边肚子。他也许听话，也许不听话。反正只要他和我打得太兴奋或是打得太久，表蒙玻璃必破无疑。先把表拿开，没有那个工夫，而且没有搁的地方。一块放在男孩子的口袋里、跟着他在街上到处乱转的表，一定得酸甜苦辣随遇而安。这块表不是为了这个命运而设计的。

我打破的头两块表蒙是母亲拿出钱来重配的，因为父亲不愿意过问，他根本不赞成拿这块表给我。可是母亲身边的零钱向来就不多，我不愿意麻烦她——她也不愿意人来麻烦她。我第二次揭开盖子来，让她看里头的碎片时，她先叫了起来：“哟，克莱伦斯！你不是又把玻璃打碎了吧？”她异常烦恼。后来我再打破玻璃，自己也觉得难为情，不敢再去告诉母亲,从此以后不得不自己拿钱去配。

我的零用钱从来没有超过一美元一个月。每配一回表蒙是二十五美分,那是相当严重的一笔支出。

当我和撒姆·威勒茨摔跤,在地下滚来滚去的时候,我完全忘了那块表,忽然听见轻轻一声响,我知道我又破了一回产。我把碎片拣出去,让那表盘上暂时没有表蒙,等我身边有了二十五美分再去配一块。但是这种迟延使我害怕。我知道母亲要弄清楚我是不是用心爱护那块表,不定哪一天晚上就会叫我拿出来给她看。所以我一有钱立刻赶到第六大街,那儿有两个德国老头儿合伙开一家小钟表铺,我把表交给他们配玻璃。我的童年最凄惨的回忆之一就是这家小钟表铺,不透气,酸菜味,高不可攀的玻璃柜台,以及那两个德国老头儿的慢手慢脚。有时候我去迟了,他们要我把表留在那儿过夜,我一晚上一刻不得安宁,第二天把表拿回来才放心。我屡次跟他们辩论,二十五美分太贵,尤其是对待老主顾,可是他们说就是收我二十五美分,他们还是赚不了钱,因为这种老式的薄玻璃现在很难找了。

我终于灰心了。我告诉母亲,我不要戴这块表了。

谁知我这条逃难的路已经堵死了。这块表是个传家宝。凡是传家之宝,领受的人必须珍重爱护。没有一个好中国人

(我后来在书上看到) 不崇敬他的祖宗；没有一个好孩子 (我年轻的时候母亲告诉我) 不珍爱他的传家之宝。

我垂头丧气地离开母亲的屋子。那天晚上，当我用那把细瘦的钥匙开我的金表的时候，我不禁羡慕起乔治来。父亲给乔治挑选了一块合适的表，他知道一个男孩子的需要。那块表有一个厚实的镍壳子，有一片几乎打不破的表蒙子，天天跟着乔治过日子兀然不动，连掉在洗澡盆里也不会怎么样。

我感觉我的前途颇为黑暗。宝物是祸根，对于我不再是一句空话而是一件实事。这种财产需要它们的主人的维护费，简直残酷无比。好几个月我没有钱买弹子了。连一个新的陀螺也买不起。连我自己也莫名其妙地让一个我所厌恶的表套住了——一个脆弱的东西，老是给我找麻烦，除非我能学会畏首畏尾地生活。

我终于找到了一条出路。一直到那个时候为止，一星期之中，我还要至少有一次吃早饭迟到，完全是因为已成习惯。但是那个时候我想起来了，要是我能改，也许父亲能回心转意，把他买的那块靠得住的镍壳表拿给我。我就改变起来。开头那一阵子，我间或还要故态复萌，可是那块玻璃片儿一破，我就重新努力振作。等到我终于建立了一个守时刻的纪录，能让父亲满意，他就让人在表盖上刻上我的名字，把表赏

给了我。父亲看见我那高兴劲儿，颇为诧异；看着我欢喜得在屋子里跳来跳去，他连声说：“得了，得了。别那么兴奋！小心碰倒那个花瓶。”

母亲说她不懂我已经有了一块金表，父亲还要给我一块镍壳子的表做什么，父亲哈哈大笑说，“那个老古董”不是男孩子戴的表。母亲无可奈何地把它放进首饰匣子里去休息。

母亲临上楼，还是找补了父亲一句。她说，到底还是应了她的话；她早就说了的，要教我守时刻得先给我一块表。

父亲发现家里来了客人

Father Finds Guests in the House

父亲是个喜欢交际的人。他喜欢坐在家里跟我们聊天，或者是在俱乐部跟朋友聊天。夏天在乡下的时候，他有时会感到冷清，所以他允许客人住在我们家，反正那里有很多客房。但是在城里，他认为，收留客人在家住宿是一种性格上的缺陷。他认为应该毫不客气地对待那些想住在我们家的客人。父亲喜欢那些应约来家喝茶、稍坐片刻就告辞的客人。但是，如果哪位客人提着一只行李袋，或者更过分的是，提着一只箱子出现在我们家，他会认为这是一种不可承受的负担。

更令人头疼的是，这些客人通常是母亲这一方的亲戚。父亲的亲戚都是纽约人，住在自己家里。他经常对母亲说，她的亲戚最好也能跟着学一学。

他对这样的事情很反感，并且毫不掩饰自己的反感。如果哪天他回家吃晚饭，母亲不得不小心翼翼地告诉他，她家的亲戚来了，此刻正在三楼的客房里，这些客人要是知道父亲的反应，一定会惊讶无比。有时母亲没有及时把门关上，他们会听到父亲愤怒地咆哮说，应该把这些蝗虫立刻送回埃及去。

大部分客人自我感觉良好，他们认为父亲很爱他们，因为他们自己很好客，也随时欢迎父亲到他们家去做客。他们没有意识到父亲的咆哮是针对他们的。他们很同情父亲，以为他一定是遇到了不愉快的麻烦事。母亲证实他们的感觉是正确的。母亲解释说，父亲确实遇上了不愉快的事，希望他们不要在意。当父亲坐在餐桌上一言不发时，客人们更加为父亲的困境而担忧。爱玛姨妈是一个安静善良的人，有一次她甚至很小心地问父亲，有没有试试服用镇静药，根据她自己的经验，这药对于短暂性的忧郁症效果非常明显，还对她的贫血有效。父亲气得几乎血管爆裂，他回答说，他不贫血。

父亲最反感的是不约而来的客人。在他事先根本不知道的情况下，他们突然就出现在我们家了。母亲没有预先告知他的原因是，如果事先告诉他，他会发两次脾气。一次是刚得知消息时，另一次是当他们已经坐到家里时。

父亲多次试着告诉母亲他对客人的看法。他向母亲解释说，这些令人讨厌的家伙有两个坏毛病。第一，他们太愚蠢，不住到酒店去。父亲指出，纽约有那么多的酒店，就是为这样的人建的。如果他们不喜欢住酒店，那就立刻把他们赶到火车上，把他们送到那些广阔空旷的沙漠里去。如果他们喜欢漫游，过吉卜赛人那样的生活，好吧，那就打点好行李，立刻滚去他们想去的地方。

第二个坏毛病，父亲说，他们还期待得到热情的招待。好像每个人都指望他能笑脸相迎。他们打乱家里的正常生活，每时每刻打铃召唤仆人，占着洗手间半天不出来。他们还期待他请他们下餐馆，或者是让他放弃晚餐后抽一支雪茄的享受，陪他们去看那些无聊的戏剧。他对母亲说："我希望你能明白这一点，我不是一个瑞士导游。我不想半夜三更陪着那些人逛大街。你可以告诉爱玛，我渴望安静地在这个地方过日子。我不想永远晃动着青草取悦那些乡下蠢驴。"

我们通常没有什么客人，不过，我们还是为客人准备了一个房间。这个房间里有一个小小的壁炉，里面有铁围栏，外面装饰着白色大理石的壁炉台。这壁炉台看上去有点像副冰冷的棺材，幸好在它的上方悬挂着镶着金边的红色丝绒。壁炉台上有一只瓷器钟，上面装饰着粉红色的法国金边铃兰花。壁炉台上还放着一对粉红色玫瑰花瓶。钟的两旁是两个特里斯顿陶瓷雕塑。一个是跪着的牧羊女，很苗条，穿着绿色和红色花朵的裙子。她的对面是玫瑰色脸腮的牧羊男，他只有一条胳膊，正在吹笛子。

房间里的墙壁和地毯都是深色的。每扇窗子上挂着两层窗帘，一层白色提花布，一层柔软的丝绸，它们都带着精致富丽的流苏。

主要的家具是一张黑色胡桃木的写字台，硕大而笨重，各处都雕刻着花纹。还有一张跟写字台风格呼应的大床。那床是如此硕大，可以同时躺上好几位客人。床头是一个方方正正的五斗橱，橱面是白色大理石的。

这个气氛沉重阴郁的房间似乎在等待客人的来临，庄重地表达着欢迎。但是，如果哪位客人信以为真，那他就会发现他完全误会了。除了写字台桌面以外，没有任何地方可以安放客人的行李。每个抽屉都已经被那些从其他房间清理出来的东西塞得满满的。两个衣柜中的一个是锁着的，另一个里面挂满了舞会的裙子，伞架，成堆的杂志，小梯子，丢弃的女士帽子，以及胡赫老先生的一幅画。在仔细打量这个衣柜以后，所有的客人都只得放弃把自己行李箱打开的念头，像露宿一样，尽量把自己的东西在箱子里堆放得整齐些。

不过，他没有很多时间从容地收拾自己的东西，因为我们家里的闹剧就要开场了。我们不会在外人面前掩饰自己，这会让他很尴尬。

我原先不知道，我们的日常生活跟别人有什么不同，一直到我自己去别人家做客才发现这一点。在杰夫·巴里家，我发现他高贵而年迈的父母相敬如宾，我开始以为他们是演给我们看的。我很好奇地等着，看他们两人中间哪一个先发脾气。可他们没有。在如释重负的同时，我觉得心情沉重。他们是那样温和安静，我甚至觉得，这都不能算是在真正过日子。

在麦克基连家里，我吃惊地发现，一对夫妇竟然会那么卑鄙地对待对方。就连他们的孩子也讥讽他们，认为他们是故意伤害对方。在我们家里，我们也会互相伤害，但都不是故意的。我们不希望相互间有这样的冲撞。我们都是红头发，火气来得快，去得也快。

约翰尼·克拉克家的气氛让我惊奇。克拉克教授，即约翰尼的父亲，在生气的时候，一句话也不说。月初，当账单寄到家里时，在吃饭的过程中，他从头到尾沉默不语，只是低头盯着他的盘子。当我们男孩子离开餐桌时，我听到克拉克女士恳求他告诉她该怎么办。她说，只要他友好一些，她情愿在帐篷里生活，一分钱也不花。克拉克先生默默地听她说完，一语不发地回到自己的书房里。

这让我觉得非常恐怖。在我们家，有时候气氛紧张，但我们从来没有过这种难堪的沉默。我们家里的气氛总是充满风暴，但也总是满满生机。如果父亲不高兴，他会马上说出来。雷鸣电闪一阵，接下来就风平浪静了。

即使有时候有过刻薄的想法，他也尽量控制着自己的情绪。他是一个内心温和、善良的男人，所以他不需要掩饰自己的情绪，也掩饰不住。

有一天，当父亲还在华尔街办公室上班的时候，格西姨妈和弗洛西表姐来到我家。母亲决定请她们去华尔道夫，一个当时最热门，坐落在第五大街和第三十三大街交汇处的新酒店去吃晚餐，因为母亲自己也想去体验一下。她知道父亲不一定喜欢这个想法，可她坚信，他只要到了那儿，就会很喜欢的。她认为她能够说服他。

父亲刚回家，她就到他房间里去通报这个好消息：他不必像平时一样在家吃饭，他可以和几个人一起外出吃晚餐。她以为，她很有外交手段。可她想哄骗说服父亲这样的男人，即使手段再高明，还是一件难度很大的事情。她的语气温和但非常急迫，她实在太想说服父亲了。她越想使父亲心情愉快，父亲的心情就越坏。他怀疑地看着母亲说："我觉得不太舒服。"

“你需要散散心。”母亲说，“出去一下，你就会感觉好多了。而且，是格西来了。她希望今天晚上跟我们一起去华尔道夫用晚餐。”

父亲讨厌这种突如其来的花样。不管原来心情如何，他立刻变得火冒三丈。他立刻把华尔道夫酒店和那些去酒店吃饭的人骂得一钱不值。

母亲早就料到父亲会有这样的反应。她根本不理睬父亲的拒绝，一遍遍地重复说华尔道夫酒店是多么的好，到那里吃顿晚餐会让他愉快的。反正今天家里也没做饭，他不跟着出去，还能怎么样呢？

当父亲明白了其中的圈套以后，他脱下外衣，换上了睡衣。他生气地对母亲说，他头很疼。家里有没有饭吃跟他一点关系都没有。他声明，他一口东西也吃不下。他唯一需要的就是休息。然后他把外衣丢到一边，走进睡房，熄了灯，爬到床上，把被子拉到下巴底下，开始大声呻吟起来。

这可怕的声音惊动了格西姨妈。当她赶下来想看看能不能助母亲一臂之力的时候，母亲把她赶了回去。

紧接着，母亲在下面不耐烦地喊着格西姨妈，说她在等着她们下来。母亲已经烦透了，她不再指望能说服躺在床上的父亲爬起来。她决定在没有父亲陪同的情况下，去华尔道夫酒店吃晚餐，就她、格西姨妈和弗洛西表姐三个人去。不过，母亲出门以后很快就返回来了，因为她身上的钱不够。她冲进父亲的房间，开了灯，从他那里拿了十美元。父亲痛苦的叫喊声听起来更加惊心动魄了。

女士们刚走，父亲的呻吟声立刻低了很多，渐渐被打呼声代替。父亲美美地打了个盹儿。醒来后，他心情愉快，说他的头痛也已经好多了。他穿着睡衣和拖鞋下了楼，让厨房送来一些面包和牛奶。他胃口很好地吃着，安安稳稳地抽了支雪茄。母亲回家的时候，他正躺在床上读着什么。

父亲拆看我的信

Father Opens My Mail

在我小时候，有一件让我觉得很有负担的事情，那就是父亲把他的名字给了我，让我也叫“克莱伦斯”。在所有我读过的文学作品里，都是比较讨厌的人才叫这个名字。“帕西”已经够难听的了，可不管怎样，还有一位勇敢的斗士叫这个名字。历史上是有过一个公爵叫克莱伦斯，可他在蒂克斯伯修道院里做了很多不光彩的事，最后很窝囊地死在了一只白葡萄酒酒桶里。

在我读过的小说中，叫克莱伦斯的一般都很邪恶。比如说，在一个故事里有两个兄弟，一个叫克莱伦斯，一个叫法兰克。那个克莱伦斯是“一个自负的、一意孤行的家伙”，他为自己卷曲的头发和精致的衣服沾沾自喜。而法兰克是“一个快乐的男孩，愿意跟别人打交道”。当然，克莱伦斯是不愿意

跟别人打交道的。他只是矫揉造作地做个旁观者。

我现在继续说这个故事。有一天，他们的妈妈出门了，克莱伦斯鼓动法兰克不听妈妈的话，爬到屋顶上去放风筝。法兰克不愿意。克莱伦斯继续劝说他。最后这两个男孩真的爬到屋顶上去了。法兰克在屋顶上放风筝，被烟囱绊倒，衣服弄得肮脏不堪。克莱伦斯则坐在那里发号施令，衣服一点都没弄脏。让我震惊的是，他竟然还把手帕垫在活动天窗上，自己坐在上面。更糟糕的是，他们的母亲一回家，他就向母亲告法兰克的状。

这个克莱伦斯还不算最坏的。还有些克莱伦斯比这个更坏。

据我所知，父亲对这些故事一点也不了解。他做梦也没有想到，他的名字是这么令人讨厌。父亲小的时候是个粗鲁冒失的男孩子。他在街上玩耍，跟别人打架，在祖父的牛圈里养了条狗，偷偷坐上开到轮渡上的公交车。在夏天，他爱上了西泉湿地，沿着砂石道穿过树丛跑到祖父出生的屋子去。他光着脚去把牛赶回家，他给它们起名字叫“汤姆”和“比尔”。

从孩子到成人，父亲的性格没有任何变化，他根本不在乎别人怎么看待他的名字，他根本不在乎别人对他的评价。他有自己独特的见解。他幽默，自信，头脑冷静。我想象，如果有人拿克莱伦斯这个名字跟父亲开玩笑，他会大声笑起来，简单地跟那人说，他根本不明白他在说什么。

我问过母亲，我们家族怎么就选了这个名字。她解释说我的曾曾祖父叫本杰明·戴，我的曾祖父叫亨利，按规矩，我的祖父就叫本杰明·亨利。然后，祖父让他第一个儿子叫亨利，第二个儿子叫本杰明。结果呢，父亲出生的时候，这两个名字都用完了。为父亲取名字的权利就交到了祖母手中。戴家的不幸在于，祖母正好读了一部小说，这小说里的英雄叫克莱伦斯。

我对祖母是了解的，虽然她跟祖父有一些相似，但她比较喜欢幻想，并且默默地维持着这个特点。祖父对她挑选这个名字的浪漫心情付诸一笑。但他对小事从不计较，面对生活琐事开朗乐观。当然，对这个名字，他也应该负一部分责任，因为这部小说刊登在他出版的一本杂志上面。

当母亲说完这一切以后，我问她，为什么又让我叫这个名字。

母亲说，这个跟她没关系。她为父亲提出很多名字作为参考。可这些名字父亲好像都不喜欢。最后，母亲说，也可以沿用父亲的名字。父亲立刻就同意了。他认为，这个建议听起来很不错。

我和父亲之间本来就有很多摩擦，这个相同的名字更加深了我们之间的矛盾。父亲每次认为我犯了错，都会明确地指出，作为他的大儿子，作为袭用了他名字的孩子，我的责任无比重大。这时，我多么羡慕我的弟弟们啊，他们至少不需要承担这样的责任。

当我到了有信可收的年龄，就更羡慕弟弟们了。我发现，虽然父亲“给了”我他的名字，可他每次都把所有标明“克莱伦斯·戴”的信件拆开。他从来没有想到，那也可能是寄给我的信件。

甚至，他也拆开了那些标有“小克莱伦斯·戴”的信件。他根本没有注意到这一点。可那个“小”字在信封上写得明明白白。父亲已经习惯了拆开所有注明“克莱伦斯·戴”的信件，根本不在意那个“小”字。所以，从邮政的角度看，我根本就没有自己的名字。

在我还是个小男孩的时候，一般来说，没有人给我写信。(除了当我看到某本儿童杂志上的广告，写信向那些公司索要商品目录而收到的邮件以外。) 那些商品目录里都是些魔术盒、邮票，还有纪念币、小刀、人造蜘蛛、仿真煎鸡蛋什么的，都是些让我觉得很好玩的小玩意。可惜，这些目录全都落到父亲手里，他马上就把它们撕了。于是，我必须再写一次信，请那些公司再给我寄一次。如果这些目录不幸又一次落到父亲手里，他就会大发雷霆。记得有一年，他多次收到广告，让他购买假胡须。他大声吼道，他实在不明白，怎么会有人给他寄这样的广告。其中的奥秘，当然只有我能明白。让我惊讶的是，这样的事情常常发生。我更惊讶地发现，我的名字被列入了很多广告商的客户名单里。

在这段时间里，我从父亲的废纸箱里捡到的邮件，远远比从邮递员那里收到的多。

在我十二岁，也许是十三岁的时候，我不再孩子气地给那些公司写信索要商品目录了。我开辟了新的领域。父亲和我，不管是谁先拿到邮件，都会发现那已经不再是广告，而是私人信件。内容如下：

亲爱的戴：

鉴于您向我们的经销商索求大量目录，我们谨请求您支付1.49美元作为邮费和包装费。我们将帮助您进入高收入群体，让您在业余时间收入丰厚，而不需要付出任何劳动。您只需要订阅我们的杂志《催眠秘密手册》和我们的系列小说《血色故事》。

因此，在一个春天，我记得，通过我偷偷的、坚持不懈的申请，父亲被指派为“美国史丹顿岛和哈勃肯州家用爆米花机的独家代理”。

在终于结束了暴风雨一般的广告以后，我和父亲开始收到女孩子们的来信。幸好，这样的信件很少，对我们双方来说是件好事。但这对我们双方也是严峻的考验。父亲早就忘了，那些女孩子的信有多傻。我则第一次领略到女孩子们的没头没脑。不管是私密的还是开玩笑的信，她们从来不在信封上加“小”。父亲拆开这些信，把它们从头到尾仔细读一遍，有时候甚至读两遍，然后自言自语地说：“这太奇怪了。我一点也不明白。这封信是一个我从来没有听说过的人写给我的。我根本不知道这是为什么。”在这个时候，他会意识到这信其实是写给我的。我脸红红的，很窘迫，生那些女孩子的气远远超过了生父亲的气。有些时候，父亲当着全家人的面大声读信，我知道这是写给我的，窘迫得连死的心都有。

我认识的好几个家伙跟他们的父亲也是同一个名字，可他们从来没有遇到这样的麻烦。可当父亲在包裹或信件上看到他的名字时，他从来没有想过这可能不是寄给他的。他的动作实在太迅速，连让我先把邮件翻一遍的机会都不给。也可能因为他心里总想着那些没有处理完的事务，所以他迅速地拆开信件，想把它们处理完毕。

从我长大成人一直到我有了自己的住所之前，这样的情况一直在持续。父亲开始表现得很得体，但他从来没有改变拆信的习惯。若是我十分生气，他便会诚恳地向我道歉，然后说，他也看不出来哪些邮件是我的。对此他感觉很惊奇，也很好笑。有时候我真的很生气，因为在过道上放的信件上面明明写着“小”，根本不是寄给他的。可是，谁能对父亲生气呢？他总是无辜的。

父亲经常生气，但只对事，不对人。如果有人对他生气，他根本就不会当一回事。我上了大学后，再回到家里，自我感觉地位提高了，就对父亲说，我希望他以后小心一点，不要再犯以前的错误了。父亲宣布说，那根本不是他的错，而是那些给我写信的人太愚蠢，记不住我的名字。他指出，对他来说，在早餐桌上打开一封信，发现一家该死的食品公司给他寄了一盒干巴巴的面包屑，还附着一封信，说这样的东西有助于他的肠胃，这根本不是什么有趣的事情。“我承认我立刻把它扔进了火堆里，克莱伦斯，但我又能怎么做呢？如果你觉得这东西好，我亲爱的儿子，很抱歉。如果你告诉我哪里可以买到那东西，我会买一桶赔你！我只希望你不要吃那东西。”

当潘科斯特女士和她的女权主义朋友们在伦敦的电线

杆上贴标语，为争取妇女选举权而呼吁的时候，法朗策丝·汉德寄来一封诚恳的信，请求“亲爱的克莱伦斯”支持妇女选举权，并在一个集会上发表演讲。我相信，父亲的脸都红了。“在她们的集会上演讲！”他朝母亲喊，“我没有更要紧的事情做了吗？你可以去告诉汉德女士，我可以跟这些穿衬裙的女疯子去说一说，我到底是怎么看待她们那些可笑的行为的。”

“别，克莱尔，”母亲说，“你没必要这么说。我喜欢可爱的汉德女士。可以肯定，这封信是给另一位克莱伦斯的。”

有一次，我向父亲咨询一支我正在关注的低价位的股票。他认为那股票是废纸一堆。我仔细考虑了一下，还是决定购买。我通过另一家公司，而不是父亲的公司，买下了那支股票，没有告诉任何人。月底的时候，这家公司寄给我一份结算明细表，当然，忘了在名字前面加个“小”字。父亲打开信的时候暴跳如雷，他以为这家公司未经他的许可就开设了他的账户。我听到他在对母亲说，他会拧断他们的脖子。

“那一定是寄给我的，父亲。”我明白了事情的缘由后说。

我们互相看着对方。

“你买了这垃圾？”他不相信地问，“在我劝阻你以后？”

“是的，父亲。”

他把结算表交给我，走了出去。

我们两人都觉得被冒犯了，都很生气。冷战了几天以后，我们原谅了对方。

有一阵子，我养成了一个习惯。当我收到一封信，又没有时间回复的时候，出于礼貌，我会把寄信的地址写在一个信封上，随手把我书桌上的某一张纸片、某本书的广告、某一张报纸，或者一张洗衣账单寄给人家，以节约我写回信的时间。在一个晚宴上，我把这个习惯告诉了爱丽丝·米勒，还有一两个作家。没多久，爱丽丝·米勒给我寄了一篇对亨利·詹姆斯的评论，在信的结尾，她写道，我没有必要给她寄一张洗衣账单，她不喜欢那个。当然，她忘了在名字前面写上“小”。

“我的上帝，”父亲郁闷地说，“没比这更糟的了。一个女人让我别读《金杯》[1]，我从来就没有想过要读。她还警告我，出于某些原因，不要给她寄洗衣账单。”

我现在明白了，这些经历也有其益处。它们让我和父亲的关系变得不同寻常。我的弟弟们难得跟他有什么冲突，而我一直生活在跟父亲的冲突中。我和他都不喜欢这样的冲突，但它们却增加了我们对彼此的信任。

---

[1] 上面提到的作家亨利·詹姆斯的名作。

父亲派我去看世博会

Father Sends Me to the World's Fair

父亲、母亲和我的弟弟们1893年去参观了芝加哥的世界博览会。那时候我在耶鲁大学的第一个学期刚刚结束。当我回到家的时候，他们已经离开了。父亲给我留了言，让我马上去芝加哥，跟他们会合。但是，我不能去。我已经把我的零花钱全部用完了。在新学期开始以前，我不可能再得到零花钱了。我现在没钱坐电车，也没钱买烟抽。其实不去芝加哥也没关系。对我来说，比较严峻的现实是，在我的人生中，我第一次陷入了深深的债务危机之中。

我欠了寄宿学校七个星期的食宿费，共计四十二美元。我买了高领卫衣，德彪西男装系列的领带和衬衣，还有一双尖头运动鞋。我还欠了酒吧的钱。我经常为我同学在酒吧买单，因为我觉得跟他们在一起喝酒很有意思。我还欠了烟草店六七十美元，因为我买了几个不同质地的烟斗，其中一个是海泡石和琥珀做成的。我所欠的钱加起来大约有三百美元之多。我没有意识到我是多么轻率。我也不知道什么时候可以还清这笔债。我的信誉也严重受损。

从厨娘玛格丽特那里，我借了一点坐电车的钱。她给我准备了早餐，为我备好一只三明治和一根香蕉，我就坐车去了父亲的办公室，想在那里打工。他们没有什么工作可以让我做，我想他们也不希望我在那里待着。幸运的是，就在我吃三明治的时候，我的一个债权人走了进来。他带了一大捆借据到纽约来，想从债主的父母那里要回一点钱。

我很震惊。我根本没想到这种人竟然直接找到父亲的办公室里来了。我觉得这太过分了。如果父亲正好在这里，而我不在，那我就惹下大麻烦了。父亲一直警告我，让我不要欠钱。我很紧张，试着恐吓债权人。我高声对他说，如果他采用这种方式要钱，那我这辈子都不会再从他那里买任何东西了。

他说，听我这么说他很抱歉。但他的口气听上去一点抱歉的意思都没有。他解释说，世事艰难，他需要钱。我根本不相信他的话。现在回想起来，困难的90年代已经开始，很多银行开始倒闭，可我在那个时候什么也不懂，只关注我自己的

school

问题。更让我绝望的是，我的债权人离开时说，因为这次我父亲不在，等他下次来纽约的时候，还会再来拜访他。

我不知道该怎么办，但有一点非常清楚：这个夏天，我必须待在父亲的办公室里。当父亲回纽约，我请求他给我一份工作。我说我不需要休假。如果他让我工作，我会得到一些有益的经历。

父亲考虑了一会儿，认为我也许可以在办公室里跑跑腿，他的雇员正好度假去了。第二天，我就接受了这份四美元一个星期的工作。

我也可能在别的地方能找到比这工资高一点的工作，可不管怎样，这些收入是没法还清我的债务的。我的目的不是赚钱，而是守在父亲的办公室门口，不让我的债权人靠近父亲。我一接到指令就飞快地跑出去，再飞快地跑回来。在办公室推动铅印机沉重的铁筒时，我用眼角瞥着收银员坐的角落，那里有一个窗口。我保持警惕，防止那个纽黑文的债权人突然来拜访父亲。

夏天快结束的时候，我遇到了麻烦。收银员对父亲说，我任务完成得比预想出色。我虽然做得不是十分准确，但很灵活，很准时，总是第一个到办公室。父亲非常高兴，让我到他的办公室里，告诉我，他决定让我去度假。

我坦率而真诚地说，我实在不需要度假。

他笑话我还是那么喜欢贴信封和灌墨水这类事务。他解释说，希望我在大学开学前休整一下，还补充说，他建议我去芝加哥参观世界博览会。

我说，我对世界博览会没什么兴趣。

父亲对此有点不满。“我已经对你说过了，克莱伦斯，”他说，“我建议你去参观一下。”我看出来了，如果我再拒绝的话，他会认为我很不尊重他。

我犹豫了一下说，我没法去芝加哥，因为我没有钱了。

父亲很惊讶。“你的零花钱呢？”他问。

“父亲，很抱歉，我花完了。”

“你很不明智。”他向我指出。

我低声说，我知道。

父亲说，他希望我能够接受教训，将来不再犯这样的错误。他友好地、用他特有的方式解释说，通过这样的经历，我可以学会小心谨慎，在以后的生活中不再次犯这样的失误。他真的觉得太遗憾了。

我不觉得遗憾。我回到铅印机前继续工作。我喜欢这个巨大的油墨铅筒和绷紧的铅板。运作它需要耐心和经验。如果压在上面的薄纱太干，那复印出来的字迹就比较淡，读起来很困难。如果薄纱太湿，那复印出来的字就会模糊。

第二天，父亲打断了我做这件有趣的事情。他和母亲谈了很久。看上去，家里人都去看了世界博览会，我也必须去。他说他这次愿意在金钱上资助我一些。他问我的工资还剩下多少。

事实上，我几乎一分钱也没有花。我一个星期花了一美元不到。玛格丽特帮我准备了午餐盒，我的钱只是花在理发、坐车和一副新的假袖上。可所有省下的钱，我只还清纽黑文那人的一小部分债务，口袋里还有四十八美分。

“好吧，见鬼！”父亲失望地笑着，“你已经尽了你的责任，我发现，你需要学的东西还有很多。”

我想，他不知道，我已经从中学了很多。

他点燃了一支雪茄，若有所思地看了我一会儿。

“克莱伦斯，”他说，“我担心，如果你没去参观世博会的话，我以后会谴责我自己。这种接受教育的机会，以后很难再有。我送你一百美元，让你去芝加哥。”

“父亲，非常感谢。”当父亲跟我握手的时候，我说，“如果您不介意的话，我只想得到这笔钱。”

父亲皱起了眉头。

我笔直地站在他的写字台前，等待着。一百美元对我和我的债权人来说，就像是上天恩赐的一份礼物。

他的回复让我绝望。“我看不出任何理由，给你一百美元，让你再把钱挥霍掉。”他说，“如果你不抓住这个唯一的开眼界的机会的话……”

“哦，当然，当然，先生。”我说。如果这一百美元只是让我花在往返芝加哥上，那我最好还是收下来。我确定，我可以从中节省下一点，还我欠的债。

我到收银员那里，请求他在我不在的时候注意一下，千万别让那些债权人进来。他答应我，他会尽最大的努力。但他也担心被别人发现并指责他把拜访父亲的客人拒于门外。我解释说，父亲见到这些人只会生气。对待这些人就应该像对待推销商那样。但是他说，这些人虽然不受欢迎，但父亲也许认为这个泄露的机密很重要。他不能对那些有正当权利的人避而不见。

我差点就准备放弃这次旅行了。可父亲和母亲坚持说，这次旅行对我很有好处。我实在无法拒绝。

我给我的债权人写信，告诉他我很快就会还清我的债务，希望他能够再耐心等待一下。

父亲问我准备怎么去芝加哥。他说沿湖线路最合适。我含含糊糊地回答了他。他对我这么慷慨大方，我不好意思告诉他，我买了最便宜的往返芝加哥的车票，只要十一美元，那是最廉价的列车，那时候人们常常拿它开玩笑。它不是直接到达芝加哥，但它为乘客提供了沿途搭乘小火车的机会。

如果我没记错的话，火车花了三天两夜的时间才到达芝加哥。我们沿途停靠了很多小站。我们在路边等了很久。很多时候，我根本不知道自己究竟在什么地方。整个线路绕来绕去，经过国内，还有加拿大的很多地区，为的是能多捎几个乘客。当然，火车上没有卧铺，也没有餐车，只有车厢。车厢里很挤，男人、女人和孩子挤作一团。在我后面的座位上坐着一个女人，她带着两个婴儿。我的座椅基本上只坐了我一个人，因为同座的老人在大部分时间里都去吸烟车厢吸烟了。我没有去吸烟，因为我无烟可吸。

所有的车窗都是敞开的，天气很热。我们坐在浓重的煤烟里面。洗手间的设施坏了，被锁了起来。小小的饮用水桶很快就空了。我们大部分时间没东西吃，坐着打瞌睡。不过，这很好玩。除了疲劳不堪的列车员以外，每个人都很善良友好。在停靠车站的时候，我们冲进车站的洗手间，试着去买食物，或者在供应饮用水的地方排长队。在这一站没有得到饮用水和食物的人，就试着在下一站碰运气。在一个小站，车站的门紧锁着，视线所及，没有其他的建筑。在车站附近，我们发现了一个水塘。水是混浊的，但为我们每个人提供了足够的水。我正在水塘里洗我的内衣，火车的发动机轰鸣起来。我刚刚爬上车，火车就开动了。前一天，停靠一个小车站，那里的食物很好吃，好几个乘客来不及爬上火车，都被甩下了。

到了芝加哥，我到处寻找住宿的地方。世博会附近的那些旅馆都很贵。我来到市郊，在一个靠近铁路的地方找到一家旅馆，虽然很陈旧，但还算干净。我给母亲寄了一张明信片，说世博会太精彩了，然后好好地洗了个澡，睡了一觉。

第二天我到世博会去。我住的地方离世博会实在太远，不得不坐火车去。不过，车票很便宜，火车站也很近。当我走进世博会的时候，我被震撼了。真是太壮观了！当然，巨大的建筑不是砖石搭建起来的，它无法保留到百年以后。但对于一双单纯年轻的眼睛来说，它实在是太壮观了，特别是对于坐着廉价火车风尘仆仆而来的人，简直就是壮观无比。

我长久地坐在荣誉厅里，惊叹地在人工河道里穿行，挤了一两个展览大厅，又回到旅馆。

接下来的几天里，我准备仔细参观，但立刻受到了很大的打击。因为凡是我想参观的地方，都得另外花钱。比如说弥得为大厅，还有宽阔的海滨长廊，两边都是各种表演。还有贝多因人，摩天轮，人造夏威夷火山，巨大的热气球，美女议会。还有一个真正的达荷美村庄，居住着真正的土著居民。在他们经过的时候，我可以用手和脚触碰他们，他们愣愣地看我一眼，自言自语地走开了。他们跳着舞，发出角斗的呐喊，就像说明书上说的那样，“他们也出售他们的技术”。让那些报纸写得最多的，是那些跳舞的女孩子，她们在众人面前扭动着赤裸的肚皮，被牧师们认为最为不堪。

我听说了很多关于那些女孩子的传闻。我彻底忘了节俭计划，走进了她们的帐篷，可她们没有满足我的想象。而且，我已经在纽黑文有过教训，这样的事情往往和想象差距很大。

一个晚上，我在旅馆里数了一下手里的钱。我明白，如果我想在弥得为过得开心，我的债权人就会很不开心。债权人赢了。我没有再去弥得为。

当然，还有很多别的地方可以参观。那些不另外花钱的地方，我差不多全都参观了一遍。就像父亲说的那样，是很有教育意义的。我花了好几个小时去参观那些重要的大厅，据说那些会对我很有启发。它们很有意思，但有点单调，这就像一次性参观了几百个博物馆。有些大厅，当我第一次进去时，觉得非常有意思。在我看来，克虏伯的大炮是弥得为最精彩的东西。当然广告做得还不够好。克虏伯先生简单

地说，他展示了美国最大的大炮，“为的是保护芝加哥最大的港口”。

即使是不花钱的展览，几天以后也让我的钱包变小了。我总是很饿。在白马餐厅，我绞尽脑汁想着怎么省钱。这是仿一家英国老式餐馆造的，当然比原型大很多。邻桌的牛排看起来实在美味多汁。我在运输展厅走累了，在差不多饿晕的时候，只得到一家叫老维也纳的餐馆，要一杯啤酒和一些奶酪，让自己再清醒过来。

父亲特别让我去参观运输展厅。因为他是几条小火车线的管理者，也许是头头。他希望我会慢慢地接他的班。这真的是一项艰巨的任务，因为这个运输展厅占地足足有十八英亩。它根据很多火车站的形式建成。说明书里指出，“这是一种近乎罗马式的建筑”，并且说，“它的外立面用三十种不同的颜色装饰，差不多就像刺绣那样精致”。

在下雨的天气里，我没有去世博会。我坐在旅馆里，省钱。但这很无聊，也很孤单。我就买了一条变色龙做伴。不过，这也没什么用。变色龙的尾巴断了一截，我只花了二十美分就买了下来。它戴着一条小链子，一头是金属的颈圈，一头是一只钉子。我把钉子固定在窗帘上，这样它就跑不掉了，我自己捉虫子喂它。

一个星期以后，我就想回家了。但我想最好还是不要立刻回家。如果我只待一个星期，父亲会觉得我太浪费他的钱了。为了给他留下好的印象，我在那里待满了两周，让他觉得我不是一个挥霍无度、不上进的人。

不去参观世博会的时候，我就在芝加哥乱逛。芝加哥有很多我喜欢的地方。它好像比纽约更大，更繁忙。它更开放，更宽阔。

最后，我觉得父亲肯定会认为我已经花完了一百美元，就开始整理箱子，把变色龙别在外套上，又去挤廉价火车了。变色龙在火车里很悲惨。在颠簸中，它失去了另外半截尾巴。但它还是幸运的，在回去的路上，日子比我去的时候好过得多。

我离家的时候提心吊胆，回家的时候却有凯旋的感觉。我听说，没有债权人去办公室要债。我节约出五十二美元，寄到了纽黑文。我没有带礼物回家，但我把那只小变色龙送给了母亲。

父亲和我交流了一番，问我喜欢世博会的哪些东西。“你去看弥得为了吗？”他问。

“我只看了一点点。”我小心地说，“你也看了吗，父亲？”

“是的，”他说，“我对那些肮脏的霍屯督人有点兴趣。我不明白那些人怎么能过那么肮脏的生活。我以前认为，这样是不允许的。”

他发现我只去了弥得为一次，看起来我花了很长的时间去了应该去的地方。他非常高兴。

“好，”最后他赞许地说，“我猜想，你会觉得这是一次富有教育意义的经历，对吗？”

“是的，父亲。”我告诉他，“确实如此。”

父亲袖手旁观

Father Isn't Much Help

在父亲的童年时代，男孩子学音乐是一件很不寻常的事情。所以，父亲的父亲没有让他去学音乐。那时候人们不弹钢琴。年轻的女士们学着弹几首美丽动人的小曲子，这属于教养的一部分。很少有人继续学下去，更没有人弹奏古典音乐。

父亲成人以后，他的事业发展得很好。他认为，音乐是人生中一样很美妙的东西。他为自己买了一架钢琴，请了音乐老师给他上课。他对那些大众的、软绵绵的爱情歌曲没有兴趣。他也不喜欢《进军乔治亚州》那类爱国歌曲。每次听到那些悲怆的曲子，他就要说些不好听的。他享受音乐，就像享受美酒和骑一匹好马一样。

那些跟父亲交往较深的人，对父亲的这个爱好不感兴趣。

而父亲也不喜欢跟那些留着长发的音乐家打交道。所以，没有人在音乐这方面鼓励他、支持他。幸好，父亲不是那种需要别人鼓励和支持的人。他的手指很长，练习得很认真，他以最大的努力弹奏贝多芬和巴赫。

他对于音乐的感觉是有限的，但对音乐的爱深植于内心。即使结婚以后，在他需要养活一大家子的情况下，他仍然坚持练琴。他从不去交响乐音乐会，也不喜欢瓦格纳，但在工作的时候，他会哼哼勃拉姆斯，或者在晚餐以后弹一支莫扎特或肖邦的曲子。

母亲也喜欢音乐。傍晚的时候，我们经常听到她用动听的声音轻轻地唱着古老的歌曲。如果有几个旋律记不起来了，她会很自然地用别的旋律替代，流利地唱下去。

父亲不是这样。他追求准确，只要弹错了一点点，他就停下来。他把那些音符一个个弹出来，有条不紊地按着它们的节奏一遍遍地弹。有时候，母亲听得都快发疯了。她绝望地喊着“天哪，天哪！”，飞快地逃出房间。

她对音乐的理解是完全不同的。她没有把音乐当成一种个人的享受。在她看来，音乐就是一种社交技能，就像跳舞，或者是唱歌一样。她弹琴和唱歌都是为了娱乐，或者是让自己从悲伤的心情里解脱出来，或者是为别人带来快乐。

在冬天里，每周四下午，母亲总是在家接待朋友。有不少朋友上门拜访，她用茶和蛋糕招待他们。她总是想方设法为周四下午上门拜访的朋友带来更多的乐趣。

有段时间，母亲最疼爱的侄女朱丽叶正式结束了她的寄宿学校生活，带着她的衣箱、帽盒和一把大大的镀金竖琴来我们家小住。母亲马上在我们本来就很拥挤的客厅里腾了个地方，把美丽的竖琴安置下来。朱丽叶的第一个任务就是，她必须在每周四下午为上门拜访的客人弹奏竖琴。朱丽叶喜欢弹竖琴，但她不喜欢在众人面前表演，那会让她很紧张。如果弹错了一点点，她会更紧张。母亲试着让朱丽叶自信点儿。她像舞台总监一样鼓励朱丽叶。

那些下午茶时光已经够好的了，可母亲还想把它搞得更好。在一个傍晚，她考虑着社交活动的安排问题，突然对坐在壁炉前阅读的父亲说：“我们总是请人家来吃晚餐，为什么不搞一场音乐之夜呢？”

父亲好不容易明白了她的意思。他说，母亲终于理智地考虑这样的问题，他感到非常高兴。与其说要放弃常规的晚餐，看在上帝的分上，她最好还是放弃搞音乐之夜的主意。他又一次提醒她，他不是钱币做的。那些好的演奏家是很贵的。当母亲想打断他话的时候，他提高嗓门结束了讨论：“我不希

望我平静的家变成罗马斗兽场，让那些长头发的音乐家来剥夺我的安静。”

“克莱尔，你别太激动，”母亲说，“我没有说要邀请音乐家。我不知道你哪里来的这种想法。我认识一位可爱的思贝尔女士，她不会开价那么高。”

“这位便宜的优秀人士演奏什么乐器呢？”父亲讥笑着问。

“她不演奏，克莱尔，她吹口哨。”

“吹口哨！”父亲说，“我的上帝！”

“那么，很好，”在争论了一番以后，母亲说，“那我就请朱丽叶演奏，请克里克曼小姐来协助她。我会争取请到萨拉·布朗，或者别的什么人来弹钢琴。”

“克里克曼小姐！”父亲轻蔑地说，“那么，这事跟我彻底无关。”

母亲求之不得。只要父亲愿意出钱的话，她就可以把场面搞得非常漂亮。如果用很少的钱组织一场音乐之夜，她觉得也很有意思。结婚以前，她很喜欢她弟弟艾登的家庭音乐会。现在她终于可以自己组织了。不过，这两者之间有一个小小的差异：艾登舅舅邀请了很多著名的艺术家，而在母亲的著名艺术家的名单里，只有朱丽叶表姐一个。问题在于，怎么能指望她当众演奏而不紧张，她并没有考虑到那些被邀请的客人会不会也很紧张。客厅里放满了大花瓶，鲜花非常漂亮。母亲知道怎么把鲜花放置在花瓶里。母亲烤了很别致的小蛋糕，每个人都可以用手拿着吃。

不管她请什么样的艺术家，总会给主人带来一些问题。母亲知道，即使家庭音乐会，也需要有效的管理。朱丽叶很依赖萨拉·布朗。萨拉是她寄宿学校的朋友。她们对当众演奏充满了恐惧。萨拉宁可做别的事情，也不愿意在家庭音乐会上演奏。而朱丽叶一想到要演奏，就吓出一身冷汗。

母亲比较担心朱丽叶的老师克里克曼小姐。她想把自己的竖琴带来，这当然增加了阵容。但母亲明白，克里克曼小姐是一个难看的、苍白的女人，即使站在竖琴旁边，也看上去一点都不浪漫。

父亲也觉得她不怎么样。他说："让我参加，还不如直接把我吊死算了。"他说，家庭音乐会实在是胡扯。"除了噪声就是唧唧喳喳。"

"没有人邀请你，克莱尔。"母亲坚决地说。说实话，因为父亲强硬的拒绝，她反而轻松了很多。这不像正式的晚宴，需要父亲在场应付。她其实根本不希望父亲参加她的音乐会。

“我所要求的只不过是，”母亲继续说，“到了那个晚上，请你在外面吃晚饭。六点以后客人才开始告辞。对我来说，如果你在俱乐部吃晚饭，那实在是太好了。”

父亲认为这实在是太可笑了。“我从来不在俱乐部吃晚餐。我也绝不会这么做。如果我不能在自己家里用晚餐，我马上就把这房子卖了。我不喜欢这种乱糟糟的聚会。”他高喊道，“如果我不能在这里安安静静地生活，那我现在就卖了它。我们都坐到棕榈树底下去，吃面包和泡菜！”

音乐会那天，在吃早餐的时候就开始下雪。父亲完全忘了这是怎样的一天。他从来不在意这些事情。他只记得母亲应该把他的一件背心送到裁缝那里去。他惊讶地发现，母亲站在一架梯子上，装饰着一条常青藤。他说：“这是我的背心。”母亲重重地叹了口气，继续端详着手里的活儿。父亲恼火地说：“薇妮，你到底在干什么？你在梯子上干什么？这是我的背心，我告诉你，这得马上送到裁缝那里去改一下。”他把背心举起来，递给梯子上的母亲，然后走出门，重重地把门关上了。

到中午的时候，雪变成了雨。街上全是泥浆。我们不能再坐在雪橇上从四十八大街的东边滑到铁路桥那边了。我们只能收起雪橇回家。在走进玩耍的房间以前，我们看到客厅里放满了折叠椅。笨重的柚木扶手椅被推到客厅的角落里。柔软的丝绒长椅被挤到一边。橡胶树被移到窗口，直接放在克里克曼小姐的竖琴前面。克里克曼小姐的竖琴还可以看见，而克里克曼小姐完全被树挡住了。

我们上楼的时候，碰到正在下楼的朱丽叶。她嘴唇发紫，脸色苍白，目不斜视地从我们身边走过。我摸了一下她的手，冰冷。

从楼梯栏杆往下看，克里克曼小姐穿着胶鞋进来了。接着，平时活泼快乐的萨拉·布朗也沉默地走了进来。克里克曼小姐站到橡胶树后面，为她庄严的金色竖琴调音。母亲忙忙碌碌地把那些小蛋糕放在托盘里，顺便还扶正花瓶里的那些花。她激动的声音一直传到楼上，除此之外再没其他声音。

时间到了。穿着长裙的女士们开始陆续到达。她们的裙摆拖着泥水从地毯上滑过。很快，客厅就挤满了人。我想起萨拉，因为紧张，她是那样僵硬、冰冷。她的手指还能灵活地碰触琴键吗？我想起朱丽叶即将拨弄琴弦的手像是冰块。这时候，母亲拍手示意，让大家安静下来。第一个琴键被颤抖地按响了。有人把客厅门轻轻地关上。

晚上，当我们男孩子下楼去吃晚餐的时候，我们听到了很多新闻，有好的，也有不好的。在一定程度上，这是一次成功的音乐会。朱丽叶和萨拉整个下午都演奏得非常出色。女士们对竖琴惊叹不已，热烈鼓掌，而且吃完了全部的蛋糕。但也出了一些意外。比如，即使克里克曼小姐把自己藏到了橡胶树后面，但她露在树下的脚还是被大家看见了。比较不幸的是，她忘了换下那双橡胶雨鞋。再比如，就在音乐轻柔而甜蜜地在客厅里回旋的时候，父亲回家了。他走进自己的房间把门关上，所有的女士都清晰地听到他说："该死的音乐会！"

父亲和十字军骑士的第三任妻子

Father and the Crusader's Third Wife

父亲和母亲有一个共同点：他们都喜欢享受时光。他们一起去跳舞，一起去有趣的地方吃晚餐，总是心情愉悦。他们度过了真正快乐的美好时光，轻松愉快地回到家里。

但他们也有很大的差异：母亲总是想出去，而父亲不想出去。母亲外出的心情很迫切，而且她总是预先确信他们俩都会喜欢的。她有一点浪漫情怀。父亲说，她喜欢所有的派对。他早就看明白了这一点。可他说他恨派对。他恨所有的派对。他哪里都不想去。当母亲催促他接受这里那里的邀请时，他说如果母亲喜欢去，那她就自己去，他绝对不去。他舒服地坐在扶手椅上，说："感谢上帝，我早就明白，我只想待在家里。"

但是，母亲不可能在没有父亲的陪伴之下去参加舞会或者晚餐。在那时候，这是不可能的，几乎是闻所未闻的事情。在父亲不知道的情况下，母亲接受了所有的邀请，结果到了那一天，尽管父亲百般不乐意，他还是不得不去。于是，父亲的外出频率远远超过了他自己的意愿。每次出门以前，他都要大闹一场，然后被母亲强拉着离开家。每次，当他坐进车里，前往某个朋友家的时候，他总有上当受骗的感觉。他冲着母亲大发脾气，让母亲疲惫不堪。

令人惊喜的是，派对过后，他们俩都心情舒畅，精力充沛。母亲经常哭丧着脸上车，但坚定不移地让自己享受派对。而父亲呢，当车子开进别人家气派的通道时，他的心情已经变得愉快起来。在他们共同坐到餐桌前，或者走进舞厅的那一刻，两人便开始真正享受这一切了。

“你不觉得惭愧吗？”母亲总说，“来之前发那么大的脾气？”可父亲早就忘了那茬儿，总是不解地问母亲，她到底在说什么。

在餐桌上，如果父亲身边坐着一位美丽的女士，他的眼睛会立刻闪闪发亮。他变得幽默有趣，话语不绝。他很有魅力，女士们都喜欢他。不过，如果酒和主餐不合他的口味，身边的女士再美丽，也不会改变他低落的情绪。如果主人准备的一切都符合他的口味，父亲便表现得热情迷人，全然不顾回家的路上母亲会对他冷嘲热讽。

“克莱尔，你怎么那么愚蠢地对待瑞姆森小姐！她一直在嘲笑你。”

“你在说什么呢？”父亲呵呵地笑着，努力回想谁是瑞姆森小姐。他记不住名字，在他看来，美丽的女士看上去长相都差不多。他只是出于本能向她们献献殷勤。母亲也知道，他只是逢场作戏。如果真会惹出什么乱子来，父亲自己都会吓一跳。他认为他的婚姻属于已经彻底解决了的那一类问题。如果哪位女士真的想要征服他，她马上就会后悔无比。父亲的脑子里全是他的生意和俱乐部的朋友们。而且他总是全神贯注地用目光追随着母亲。他当然喜欢有美丽的女士坐在身边，就像喜欢一支雪茄或一朵鲜花那样。但如果那支雪茄或者那朵鲜花对他有什么需求的话，他会立刻觉得受到了打扰。

对母亲来说，在派对上和一个杰出的男人相遇，特别是，他还向她投以欣赏的目光，会让她感到兴奋自豪。她非常挑剔，希望男人尊重她，讨好她，但她看不起那些虚荣的男人。如果派对上没出现优秀的男人，她喜欢跟快乐简单、善于跳舞，或者是爱聊天的男士在一起。当然，他们不能有逾矩的念头。他们胆敢表现出一点点其他的意思，她会马上变得很失望。她会说他们是傻瓜。她不只是告诉别人，也会直接告诉他们。“祝你一切都好。”她生气地说，“别再那么傻！”

每个已婚男人都属于他的妻子，这是母亲的观点。如果谁不明白这一点，谁就是蠢货。母亲讨厌蠢货。她的原则是，每个男人都属于一个特定的女人。如果他是单身，那他属于他的妈妈和姐妹。如果他是一个鳏夫，那他必须一直为亡妻忧伤。

母亲经常向父亲灌输这第二个理念。母亲知道，父亲坚信他会比母亲活得长久。父亲说，这是他对她的奉献。因为他不能想象，没有了他，母亲怎么生活下去，所以他必须活着，照顾母亲。母亲不愿意承认这一点。她说，她一个人也能过得很好。当然，她会死在他的前面。她最担心的是，在她死后，父亲会对她怎么样。

一天，在牛津附近的一座古老的教堂里，展出一个石棺。石棺里葬着一位高贵的十字军骑士。石棺的上面是他的雕像。母亲非常感动。当教堂司事指出，躺在骑士身边的那个雕像是他的第三任妻子的，母亲立刻用伞敲击石棺，反复问：“你的第一位呢，你这老东西！？”

教堂司事十分震惊，他拒绝再带领他们参观教堂的其余

部分。当然，母亲也不愿意接着参观。她对教堂司事说，向人们展出这样一个老坏蛋，他应该感到羞耻。她马上离开了教堂，坚决认为，这不是父亲应该来的地方。

父亲企图叫母亲喜欢数字

Father Tries to Make Mother Like Figures

父亲老是要母亲记家用账。父亲自己是个天生有条理的人，又受过健全的商业训练。除了办公室里的账簿以外，他在家里也有一整套账簿——现金账、日记账、分户账——一笔笔都分别登记。把他家里的账本打开一看，立刻就知道这个月或是这一年他在衣服或是俱乐部或是雪茄上各花了多少钱。一个个项目都列出来。他知道哪一项用度和往年的同一项目比较起来怎么样。要是他允许这一处的数字升点儿上去，他能在另一个地方把它压点儿下来。

在父亲结婚之前，这些账簿显然曾经给他很大的满足，但是他说自从结婚之后就全然不同了。这些账目忽然停止报道的任务。他个人的用度他还是知道的，但是比起家务用度来，这是微不足道的，而关于后者他一点也不知道，没有细目，只有可怕的总数。他的钱四面八方地流出去，而没有记录。

过不了多久他就要尝试一次，把他的记账法讲给母亲听。但是他那些皮脊的大账簿，他那样有条不紊地界划红墨水线条，以及整个的记账这件事，每一天每一笔钱都要写上，这让母亲觉得受不了。母亲认为女子不必理会账目，正如男子不必负责打扫一样。母亲结婚的时候还是初出闺门，离开学堂不久；虽然在班上考头名，写得一手工整秀丽的字，说得一口漂亮的法国话，可她从来没有看见过账簿是个什么样儿。每逢父亲拿他的账簿给她看的时候，她是一点儿也提不起劲。

父亲自己对于数字有极大的兴趣，因此他老不肯相信母亲真的讨厌它。一年又一年，他只是希望，她缺乏兴趣完全是因为年纪轻，过两年就会改变。他极有把握地说，她不久就会学会记账的。这个并不难。暂时之计，只要她把手上用的钱随便拿张纸记下交给他，他就自己去登账，等到她也能记的时候再交代给她。

那个日子永远没有到来。

父亲知道一部分钱用在哪里，因为有一部分费用是挂账的。可是这不足以满足父亲的要求，虽然那些账单给他很多的资料，让他坐下来凝视和吃惊。他说有许多是内容欠明确，

还有许多让人难以置信。

父亲经常找母亲一同复核这些账单，他不懂的项目就问母亲。可是时而有些项目连母亲也不懂。母亲说这大概不会错，只是她记不起来。她茫然无知。她对待这些账单好像见了生客。

这是最叫父亲烦恼的。

母亲一点也不喜欢这些复核会议。她告诉我们她讨厌账单。要是欠账比她估计的数目大，她觉得跟犯了罪似的，简直不敢让父亲看见。要是有两家的账单在她看来数目微小，她就很快活，可是快活不得长久，因为在父亲看来从来不微小。要是她出一个错——例如发觉泰生肉店那一块烤肉开价太高——她必得赶到那家铺子里去更正，讲价，彼此闹不愉快。可是等她告诉父亲她费了多大的力气才有这么个结果的时候，父亲把它当作理所当然，稀松平淡，不是母亲的功劳。母亲非常生气。

有时候，我也得当这种差使。第六大街有一个名叫弗兰纳根的人，我们家的报纸是在他那儿订的，我常常奉命去找他，说他多算了我们的。父亲说弗兰纳根没有数学头脑。把他的总数复核一遍，再分项计算一下，他常常发现那账单上多开了三美分以至十四美分。他于是把我叫到面前，把正确的钱数和账单交给我，要我第二天放学之后去找弗兰纳根，警告他下次绝不可再这么胡闹。

后来我也弄惯了，但是第一次去的时候我真害怕。弗兰纳根是个大个儿，样子像个酒店掌柜，一脸横肉，像要找人生事。我走进他那个黑暗狭小的铺子，吞吞吐吐地打算警告他别跟我们胡乱开账。他在柜台上往外一探身子，朝下向我瞪眼睛，大声地说："啥？"

"劳驾，弗掌柜，"我说，"这是您的账单，这里头有点错误。"

"啥？"

"像是有一点小小的错误，弗先生。《太阳报》多算了八分钱。"

弗兰纳根从我手上把账单和钱抢过去，跑到他的账桌边。他拿一支粗壮的铅笔在上面重算了一遍，把一张账单前前后后全涂改得稀脏，然后露出牙齿来哼了一声，照父亲付他的数目批了"收讫"，然后傲然地把它往柜台上一摔。我拣了起来，走了出去。

父亲拿到这张账单，说："该死，怎么把我的账单搅得稀脏？"

"是弗掌柜弄的，父亲。"

“那么，叫他学着干净点儿。”

“是。”我说，心里可不存这个希望。

我自己也喜欢数字，和父亲一样；母亲不喜欢，我觉得奇怪。母亲的算术不比谁差，然而把数字写下来，加起来，她不感觉好玩。我喜欢我的算术课本里的题目，我也深深地爱慕父亲的账簿。可不知道为什么，我不敢告诉他。他从来不邀请我欣赏那些阔大的漂亮的簿子。他在地下层的前房里有一张书桌，他把账簿锁在里头。

要是我把我的算术练习拿给父亲看，父亲的兴致就来了——他从椅子上站起来，放下手里的报纸，坐到餐桌的旁边，拿过一支铅笔和一张纸，看我算得对不对。母亲就懒得过问这类事情。

每个月，铺子里的账单送了来，麻烦也就跟了来。母亲好像没有什么浪费，但是她喜欢好看的东西。例如瓷器，母亲就很热心。她见过许多漂亮的茶杯和杯托，叫人不忍掉头走开。她知道她买不起，买不得，可是时而还是不禁要买几件。没有一回是花了很多钱的，但是积起来也就很可观，父亲说她买的瓷器比温莎大饭店买的还多。

父亲不懂为什么挂账对于母亲是一种诱惑。他向来不受它的诱惑。他知道那些账单每月1号就会送来，几天之内他

得付钱。他说他满以为母亲也明白这个道理。

可是挂账的办法正是为了母亲这种人发明的。当她买个什么往账上挂一笔的时候，下个月的1号好像还远得很，并且她希望父亲也许不介意——他也许好说话这么一次。当时她对于那个东西的欲望很强，遭责罚的日子很远，于是乎她就屈服了。

当她必须付现钱的时候，她就完全变了个人。问父亲要钱是不容易的，她一次得不着很多。她只要打开钱包就可以看见她的宝库日见空虚。她要把那件东西摩挲了又摩挲，心里反复几次，这才舍得把钱拿出来。但挂账买东西则不然，那里边有很大的乐趣。她竭力抑制自己，不受诱惑，可是她当然是在受诱惑，始终是在受诱惑；在她已经狠心地拒绝了九个可爱的诱惑之后，屈服于第十个，好像真也有点情有可原。

父亲尽他的力量把这里头的乐趣给母亲赶走。每月一次，他开庭审讯，要她说明她的大小罪状。要是母亲哭了，或是表示不快，父亲也像是觉得不快、烦恼。他再三提高嗓子说，他不是蛮不讲理，只是他的钱禁不起这么个花法，大家不能不算计算计。

过些时候有这么一次，父亲闷闷不乐，说他失望了，母亲会觉得过意不去，发个狠要记账。她把各种零用数目记在信

封背后，或是写坏了撕剩下来的大小不一的半张信纸上，又从别的记录上找出些项目来添上去，同时也还是有神秘的缺漏，然后一并交给父亲。父亲一张张拿起来看，叫母亲过来告诉他这一笔是什么，那一笔是什么，枉费心机企图把女性的混沌改造成为秩序。

有时候，可也不一定靠得住，母亲能因恭维而就范，可是批评只能激起她的反抗，一次指摘能叫她好久不记一个数字。她要做针线，要买菜，要照料孩子，她告诉父亲她没有工夫再学记账。钱用了就是用了，记下来有什么用处？她说这不是她的办法。

“好，”父亲耐心地说，“咱们彻底讨论一下，找一个解决方法。你说这不是你的办法，那么什么是你的办法？你说吧。”

母亲坚决地说她的办法是尽她的力量省俭，她说她的朋友全都佩服她，华家的用度比我们家多一倍。

父亲说：“华家，华家！他们的钱不要他们去挣啊。我不要人告诉我他们一个月用多少，我不要人告诉我人家怎么样挥霍。”

母亲说：“喔，克莱尔，你这是什么话！他们又何曾挥霍？他们也无非爱个好看，爱个舒服罢了。你不也很喜欢玛丽表妹吗？多么可爱的一个人，还送小弟银杯来着，你连她也骂在里头。”

父亲说，就算他喜欢玛丽表妹，也不要时时刻刻听到她的名字啊。一会儿玛丽表妹，一会儿玛丽表妹！

“你也常常把你们家的人挂在嘴上呢。”母亲回答。

父亲觉得这是存心叫他受委屈。他提到他自己家里的人的时候是批评他们，而且是毫不放松地批评。他竭力忍耐，努力不离开正题。他说，他的意思是说玛丽表妹的办法不是他的办法，因此不必提出她的办法来和他计较。

母亲说：“天晓得不是我要计较，回回都是你要计较的；要是连玛丽表妹的名字都不准我提起——”

“你提，你提，你爱怎么说怎么说，”父亲激烈地抗议，“只是我不要玛丽表妹或是任何人来指挥我怎么过日子。”

“我没有说她指挥别人哪，克莱尔。她不是那种人。”

“我不懂你说些什么，”父亲回答道，“你永远不守住正题。你忘了你刚才的话里头有这么个用意，玛丽表妹——”

“喔，克莱尔，我求求你！我没有什么用意。我也不愿意你说她的坏话，人家待你这么好。”

每逢父亲和母亲谈到家用，结果大率如此。父亲尽力把讨论限制在当前的问题上，可是不知道怎么着，尽管他开场极其沉静，说着说着就激烈起来。母亲的心思偶然走向哪一方，父亲的野马也就顺着那个方向狂奔；正在这个工夫，有一个孩子哭了，母亲不得不走开去看看是怎么了，或是洗衣服的托宾大妈来了，母亲不得不跑出去交代她换个样子浆洗父亲的衬衫。父亲说她打岔，母亲回答说他不知道管家的人的为难。

父亲禁不起这种战术。但是每当他走回账房在他的账簿上界划红线的时候，他又重下一番决心，绝不灰心。

父亲的旧裤子

Father's Old Trousers

父亲不大喜欢饰物。他讨厌当时的人们佩戴的沉沉的表链子，半中间挂下些表坠子来的那种。他的表链子上一个这样的东西也没有；结实，好看，可是朴素。他的领扣和袖扣也是这样，不是当时风行的花哨的那种。他的戒指是一道实心的光面子的金箍，镶一颗长方形的蓝宝石。这些个东西我们全都尊而敬之，我们觉得这是它们分所应得。在我们心目之中，父亲的东西有一股特殊的正气；我们对它们怀有特殊的敬意，因为它们是父亲的。

父亲曾经有过一个轻巧一点的戒指，镶一颗小点儿的蓝宝石，是父亲年轻的时候戴的。可是父亲岁数大了一些之后就不戴了，说是不合他的年纪了。戒指一直放在我们储藏室的保险柜里，已经有好些年。

母亲可不愿意把它闲放在那儿，一年又一年。在我大学毕业之后，母亲就有了个主意，要我把它戴上，让它在我们家里再效点儿劳。有一天午后，母亲带着我走进那塞满了东西而且充满潮湿的抹布气味的储藏室，把它从保险柜里取了出来。

我是不要戴戒指的，可是母亲的盛意真是叫人难以拒绝。她把戒指套在我指头上，又亲了我一下。我看看那个东西。那颗蓝宝石倒真是一颗好看的小宝石。我肚子里想，过些时候我也许能爱上它。反正这里头没有会搅坏或是打碎的东西。

可是过不了多久，我就发现这个戒指是个麻烦——要留心不让它丢了，真是个辛苦的工作。如果是我自己花钱买的，我想我一定会小心看护，可是因为它是人家硬给了我的，反倒成了一个累赘了。它搅得我日夜不宁。过了些时候，我就不再戴它，而是把它收藏起来。

母亲看见戒指不在我指头上，马上说起话来。她说，要是我把它藏在衣柜抽屉里，那又何必有一个戒指。她说这是个挺好看的戒指，我有这么个戒指戴着，应该觉得有面子。

我跟母亲解释，我没法儿老想着手上戴着个戒指，我已经有好几回把它丢在公共洗手架上，差点儿找不回来。母亲吓坏了。她马上同意。丢了父亲的戒指是非同小可的。于是戒指又回到了储藏室的保险柜里。

过了几年，这个戒指又被取了出来，又经过一个小小的仪式交代给了乔治。乔治得了这个戒指，招来的麻烦比我更多。他也不愿意再戴它，所以，因为他已经结了婚，他就把它给了他太太，他太太可真爱上了它。大家各得其所地快活了一阵子，可是有一天让母亲看见，父亲的戒指安安顿顿地套在威尔海敏的指头上。母亲是非常喜欢这个儿媳妇的，可是这件事情让她心里不安。她觉得那个戒指唯一恰当的用处是让父亲的几个儿子里的一个戴着。她让乔治从威尔海敏那里取回来还给她。乔治一声不吭，把它拿来，于是它又回到了储藏室。

也真是奇怪，凡是父亲用过的东西，好像永远是他的一部分。不管那个东西后来经历怎么样，它始终印着他的人格。在戒指这种东西，我想这种情形倒也常见，可是父亲的东西无一不是如此，连他的旧领带都是这样，尤其是在父亲看来。我想，对于那个戒指的命运，父亲不见得怎么用心，像母亲那样，可是当他给了我一条旧领带或是一条旧裤子之后，他老觉得那个东西还是他的。不但是他自己觉得如此，他还让我也觉得如此。他说给我听，他不看重的东西，他就给了车夫或是救世军，可要是他有一条特别好看的领带，还禁得住再用

些日子，或是有一条他特别喜欢的裤子，凡是这类东西他都留给我。

有一条花条纹的裤子（父亲星期天穿了它去教堂，穿了好些年），有一年圣诞节跟着我上耶鲁大学去了。那个时候我是三年级，正在闹衣服荒，这条裤子来得正好。可是这条裤子在身上的时候我就得留心不脱上衣。这条裤子全露出来的时候——例如晚上在弹子房里打弹子的时候——臀部会显得异常的廓落。穿了这条裤子，爬起奥本堂的铁门来也更加困难。这个铁门有十英尺高，门顶上有一排又长又尖的刺，穿了父亲的裤子快快地翻过去要有惊人的本领。

本来不必快快地翻过去。事实上，翻过这道门就大可不必。奥本堂只用来做教室，我们白天里已经待得够而又够，无须晚上再往里闯。而且，我们根本进不去，即使已经翻过铁门，因为里一层的大门锁得结结实实的。在大门和铁门之间的过道里站了一会儿之后，只有再爬出来回屋子去睡觉。可是当我们喝过一阵酒之后，这好像是一种有用的或是让人兴奋的演习。

在这些个晚上，当我在寝室里脱衣裳的时候，我常常内疚于心，觉得不应该让父亲的裤子过这种新的生活。这种悔恨有时候在别的地方也会袭来。这种悔恨并不怎么明显或是强烈，可总是飘浮在我的心里不去。我平常不大注意身上穿什么衣服，可是碰巧我注意到我穿了这条裤子走进不很体面的地方，我会觉得不安的。

后来有一个星期，我把它借给了我的一个同班同学，吉利·爱乌斯。他在“沙优会”公演的一个剧本里扮一个胖子，要穿这么条裤子。父亲并不胖，可是他的身体比吉利要丰满得多，他的裤子里装上一个吉利，还可以装上一个枕头。我也没有把这件事放在心上，直到演出的那一晚，幕一开，我看见父亲星期日穿的裤子在台上跑过来跑过去，让一个滑稽的酒吧掌柜在后头追着赶着，直着脖子嚷“捉贼！”，我可一刻也坐不安稳了。

那以后，这条裤子就怎么穿怎么不合适起来。

父亲钉扣子

Father Sews on a Button

我们家的缝缝补补多得叫人忙不过来。父亲之外还有我们弟兄四个不断地要修补，家里又没有一个专门管这个事儿的人。小弟的奶妈带着做点儿针线，玖梨姨妈来这儿的时候也拿起来帮着做点儿，剩下就都是母亲的事儿，她的针线筐老是堆得高高的。

现在回想起来，真不知道她怎么对付过去的。我还记得，晚饭后一放下碗，她就照例钻进房里去做针线，白天有空也是这样，再也不坐下来陪我们玩儿。我的幼稚的头脑里总觉得这跟埋头去猜谜语呀什么的一样——是一种娱乐，或是一种女人家消磨时光的办法。

特别是关于父亲的袜子和衬衫的闲话最多。这些话一大半是父亲说给母亲听的。父亲不喜欢他的东西长久不露面，他要他的东西快快地拿回来，放在它们应该放的衣柜抽屉里。特别是他心爱的袜子。不是他晚上穿的那些白袜子，那是双双一个样儿的，是说他的花袜子，经常由巴黎的一家英国衬衣店供应他的那些袜子。

父亲是个规行矩步的人，要是说他的性情中有这个教条所不能满足的一点，这一点唯一出路就是这些花袜子。在他那个时代，男人的衣服颜色要深沉，领带的花样要素净，大多数人的袜子暗淡而严肃，和衣裤相称；可是父亲的袜子藏在他的裤脚和深帮鞋里头，不但五色缤纷，而且花样新异。这些袜子其实一点也不恶俗，显然是法国风格。威尔海敏常常取笑父亲，她说这是他“秘密的快乐”。

父亲的袜子比我们孩子的更容易长窟窿。父亲的脚指头长而好动，每逢他靠在沙发上，看着书，抽着烟，或是专心和人说着话，这些脚指头就自动地开始欠伸和扭动，仿佛抓住了一个自由地生活一番的机会似的。我常常出神地看它们从容不迫地扭来转去，父亲对我说的是些什么，全然没有听见。一会儿，父亲的拖鞋落了下来，一只，两只，常常叫他矍然一下，但是不足以打断他的谈锋；再过这么一会儿，他忙碌的大脚指头就会在袜子上钻一个新的窟窿出来朝我偷看。

母亲认定了缝衣补袜是女子的天职，可是她真恨这个。

她宁愿绣绸缎桌布，显显她的本领。至于替父亲补袜，那是她既不耐烦也做得不太好的工作。她说，要补的袜子这么多，把她的脖子都补酸了。

父亲浆得挺硬的衬衫也是一个问题。父亲穿衬衫的时候，先往头上套，然后两只胳臂一左一右盲目地冲刺，寻找那两只袖子。一件新衬衫自然结结实实，经得起这一番冲杀，可是在父亲手里过日子，不久就衰弱了，开始裂缝。这叫父亲生气。他最恨软弱，无论是见之于人还是见之于物。他一生气，两只胳臂冲击得更使劲。于是刺啦一声，衬衫开了个大口子，接着是母亲的大声哎哟。

但是在父亲的眼里，扣子是最大的烦恼。裂缝的衬衫和有窟窿的袜子都还可以穿，可是掉了扣子的衬裤没法儿穿。父亲穿衣服的速度叫他身上那些扣子心惊胆战，逃避差使。它们逃走之前不透一点消息，而且总是在不合时宜的时候。

遇到这种情形，父亲自然要求救，而且求急救。他一只手提着坎肩儿，一只手拿着谋叛的扣子，出现在母亲的房门口，要她立刻给他钉上。要是母亲说这会儿没工夫，父亲就要大大地生气，好像是他快要淹死了而那个救生艇上的水手告诉他，明天来救他。

当他的愤怒高涨到足以踢开他的聪明的时候，他就会

凛然说:"好,我自己来钉。"他问母亲要针和线。这就把母亲吓慌了。后果如何,她知道得太清楚了。她求他把那件坎肩儿放在她针线筐里,她明天给他钉好。父亲无可改移。要是他一眼瞥见母亲的针线筐里堆着多少只他的流亡的袜子,在黯然地等候,他的决心会更加坚定。

"我找我的蓝底白花的袜子整整找了一个月了,"有一天晚上开饭之前父亲愤愤地说,"这个家里我的事儿一件都不给我做。连我的扣子都得我自己钉。你的针和线在哪儿?"

母亲无可奈何地把针和线递给他。他大踏步走开,往卧室中央的沙发边上一坐,准备工作。衣柜旁边灯光亮些,可是父亲做针线不能坐在椅子上。不够宽敞,他把剪子、线轴儿、坎肩儿,放在他身旁的沙发上,在指头上蘸点儿唾沫,那只手把针高高地远远地举起,开始穿起针来。

跟所有的司令官一样,父亲盼望人家从命如流,而且愿意他指挥的是久经训练的队伍。针的顽梗,线的消极抵抗,闹得父亲咒骂连声。他把针插在沙发上。重新在指头上蘸唾沫,捻线头。等他回过来取针的时候,针不见了。他的手到处摸索。他站起来,一只手捏紧了线头,转过身来对着沙发,看它躲到哪儿去了。这一来,线轴就被扯得滚到地上,一路滚着一路把线放开。

母亲有两位朋友，她们的丈夫都是忽然中风就不起的。母亲常常怕父亲也会中风。听见他咒骂的声音，她赶快跑了进来。父亲爬在地板上，正如她所忧虑的。他正在一边努力往沙发底下钻，一边叫唤着。他的脸漆紫，眼睛发红，把母亲吓得跟什么似的。求他放手反而像火上加油。他说他要放手才不是人。一会儿，父亲站了起来，蓬头散发，但是面有喜色，线轴儿抓住了。母亲又找了一根针来。她替父亲把针穿上，父亲这才开始钉他的扣子。

父亲钉扣子使大劲，一拉一戳都好像对付仇人。母亲说她不忍看他——可是她又不忍走开。她站在那儿看他缝，又惊又怕，手痒痒得恨不得拿过来自己缝。两个人你数说我我埋怨你。一会儿，不可避免的祸事果然发生了：针打坎肩儿底下穿过，没有戳在扣子的眼里，顶住了，父亲一使劲，针打眼儿里跳出来，戳了父亲的指头。

父亲哇的一声跳了起来。这样被刺伤，不但是叫人生气，简直是一种侮辱。他一只手捏住那个指头，在地毯上走来走去，忽然朝我悻悻然地说："都怪你母亲。"

"怎么都怪我！"母亲叫了起来。

"你的话没头没尾，"父亲朝她叫唤，"搅得人不专心。耳朵里只听见叽里呱啦，嘤嘤嗡嗡，你叫我怎么钉扣子？你看你

给我闯下的祸！”他忽然又接上一句，“把血迹弄在我的好坎肩儿上！这儿！你把这该死的东西拿去。拿一块手绢儿来给我包指头。金缕梅油在哪儿？”

父亲一夜没睡好

Father Had a Bad Night

一个冬天的早上，父亲从马术俱乐部骑了马出来，走过东五十八街，连人带马摔倒在地下。这个笨畜生摔倒了不算，还压在父亲的脚上。

父亲把脚抽出来，把马扶起，继续前进到公园里去跑他的马。可是过后他发觉有一个脚指头让马压弯了，没有法子把它弄直。

对于父亲，这不但是一种不便，而且是一个意外。他知道别人曾经出岔子，受伤，可是他一向以为那是因为他们脆弱。他不脆弱。他一向以为他的身体工坚料实，永远不会受伤。就在那个时候，他的信念还是没有动摇。然而他的一个脚指头弯曲了。

那个脚指头永远没有能伸直，父亲常常提起这件事。他

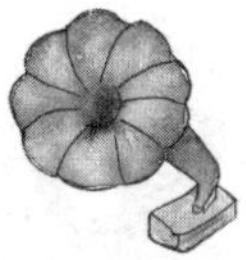

觉得这是个古怪的经历，一个违背自己定律的经历。他说起这个故事的时候，盼望人家深深地关切，大大地惊骇。要是他们没有表示，他就说了又说。

我们在家里，一年又一年，听了不知几百遍。“够了够了，别说了，”母亲说，“没有人理会你的脚指头，你知道，克莱尔！”

父亲说不，人家理会他的脚指头。他在俱乐部里告诉他的朋友们。“你们知道我遭了什么事？呵，有一天早上，马路上有些薄薄的冰，那匹栗色矮脚马，山姆·巴布考克卖给我的那匹，它摔倒在我的脚指头上——居然把它弄弯了！我有生以来没遇见过这种事情。把我的脚指头弄弯了！现在长起个鸡眼儿来了。这儿，上头。给我做皮鞋的皮匠说他没有办法。世界上再没有比皮匠更笨的了，除非是那匹栗色的矮脚马。”

从此以后，虽然父亲还是瞧不起病痛，可渐渐地不爱再听人家说起跌打损伤。对于他，这是凶兆，仿佛告诉他，连他也免不了。

有一天在乡下，他在哈里逊车站搭火车，看见我们的街坊，漂亮年轻的万来特太太也带着她的儿子坐在车上。他站起来问好，打算就坐在那儿跟她说个话儿。可是她一边跟他问好，一边告诉他：“我是带我的小儿子进城去找牙医——他摔了一个大跟头，戴先生，把门牙摔掉了两个。”

那个孩子笑了笑，父亲看了看他的半截子牙根，脸上变了色。“哎哟，我的天！”他叫了出来，“哎哟！哎哟！”他赶快走开，到另外一节车厢里坐下。那天晚上他回到家里，埋怨个不停，说万来特太太不该把自己家里的惨象给他看。

“你们戴先生看见我们孩子真是替他难受，”万太太第二个星期看见母亲的时候跟她说，“他是多么富有同情心啊，戴太太。”

又过了一年光景，父亲又面对同样的一个处境：我的一条腿非动手术不可。最糟糕的是，出于某种原因，那个时候不能把我搬到医院里去，只能在家里开刀。

开刀之后，我的腿让石膏包紧，倒也没有什么不舒服。可是母亲心里发愁，父亲一回来她就走过去诉说她的苦恼，这可把他搅坏了。

这一回他跑不脱了，没有另外一节车厢可以走过去。他苦巴巴地把脸拧紧，把外套和帽子往壁柜里一扔。末了他告诉母亲，他可怜我，但是他希望母亲能让他安安静静地可怜我。整个房子都让她闹得翻过来了，他说，而且，他要吃晚饭。

饭拿上来了，可是他不能像平常那样吃得津津有味。他

的雪茄也只有平常的一半滋味。他觉得苦恼，可是不愿意说出来。他跟母亲生气。他骂人。母亲说他没有心肝，赌气睡觉去了。

想到我也许在吃苦，他心里难受。可是他不喜欢心里难受。他不太知道痛苦的味道，整个的处境把他搅昏了。他走来走去，不住地咒骂。他说请上帝让世上人都像他一样留心自己的身体，不病不疼，不要这样麻烦他。他点着了一支雪茄，坐下来看书，努力把这一切丢开。可是他的情绪不让他这么办，他只有束手无策地对着那本书拧眉毛。

母亲对父亲说了的，别上楼去看我，可是他忍了一会儿忍不住了。他悄悄地走上顶楼，在黑地里扶墙摸壁摸到我房门口，推开来看看。“哎，我的好孩子。”他说。

他的声音愁苦而柔和。

我说：“哈罗，爸爸。”

这让他好过了点儿。他满怀希望地问我：“你怎么样？”

我挣扎了一下，回答说：“我很好。”

“哎，可恶。”父亲说，说了就又走下楼去。

我知道我这个话说错了。倘若我痛骂我的腿，痛骂麻药，他就放心了。他喜欢一个人用一种正常的老实的有血气的方式表示他的勇气。他最恨看见人家只是躺着不动，有痛苦装

作没有痛苦。

父亲径自不睡，抽烟，看书，或是在屋子里踱来踱去。末了他去睡了，又睡不熟。这真是太过分了，他受不了了。他爬起来，搬到房子后面的一间空屋子里去睡。我的卧室就在那间屋子的上头。我听见他怨天恨地地自个儿说话，说这个床不知是怎么铺的。等他把床铺好之后，他还是不得安宁。他在床上翻来覆去，爬起来喝杯水，直嚷嚷热，睡了一会儿，又醒了，摸着了开关，把灯打开，坐起来为难。父亲这个人做什么事都不会不言语的，他一为难，哼哼之声就跟了来，而且声音越来越大。

这个时候我的腿已经觉得松活多了。疼有一点，可也就算不了什么，父亲肯让我睡的觉，我全都睡了。母亲睡在父亲底下一层，她的耳朵眼儿里塞上棉花，也睡着了。可是那间空屋子里的床挨近一扇开着的窗，窗子外边的街坊们好像是耳朵眼儿里没塞棉花，可就没有多大休息的机会了。

第二天，母亲偶然走到和我们家隔开几家的克伦太太家里去看看她，谈起我做手术的事情。克伦太太把她的话打断。

“哟，对了，戴太太，”她说，“我们姑娘和我就知道你们府上准是有点什么事儿。很厉害吧？我们真是替他难受。我们听见他哼了一夜。您也累坏了。我们姑娘和我天快亮的时候倒是睡了一会儿，恐怕您是一点儿觉也没睡成吧。”

母亲回家的时候又在路上遇见另外一个街坊，洛宾士太太，她住在我们后边那条街上，她们家后边的几间卧房跟我们家的那几间窗对窗。洛宾士太太也知道我们家出了事儿。

“我的卧房在前边儿，”她说，“所以我一点也不知道。吃早饭的时候，我们先生告诉我，我才知道。他一个上午尽说这个。他只是不信我会一点儿没听见——呃——你们儿子那么凄惨地叫唤。”

那天晚上母亲等父亲从事务所回来。他一进门，她就抓住他。“哎，克莱尔！”她说，“我的脸让你丢光了！你越来越不像话了。今儿个我看见克伦太太，还有洛宾士太太，她们把昨儿晚上的情形说给我听，我敢说昨儿晚上，这些个街坊们谁也没睡成觉。”

“唉，”父亲回答说，“难道我又睡什么觉了吗？”

“是啊，可是克莱尔，”母亲不耐烦地叫唤，一边拉住他的衣襟，“她们只当在那儿哼的是克莱伦斯，谁知全是你！”

“她们爱怎么想我不管，”父亲有气没力地说，“我只知道我一夜没有睡好。”

父亲要别人都跟他一样

Father and His Other Selves

从前我总不懂父亲为什么对那些脾气跟他不一样的人采取那么个态度。那么专制！尤其糟糕的是，他伤害了人家还毫无抱歉的意思；正相反，他觉得别人应该感谢他，因为他教他们学好。

当然，后来我知道这只是他为人的一个方面，因为我长大以后跟他在一起的时间比我小时候更多。他是我所认识的最有趣的，最跟人合得来的人里边的一个。他在俱乐部里的时候好像总是挺快活的。在那儿遇到的人，他差不多都喜欢，他们好像也都喜欢他。常常有这一位那一位陪着他走回家，站在大门外头说一阵子话。他有时候跟他的朋友们在公园里骑马，或者坐上游艇去逛一趟，或者跟某某小铁路公司董事会的同事出去巡视一个礼拜，他们回来的时候总是欢天喜地的。

可是，只有对跟他情投意合的人，他才采取这种态度。他们了解他，他了解他们。在那个时代，他们全都自以为拥有极大权威。他们吵起嘴来气势汹汹，可是那没有关系。骨子里头他们彼此赞许，互相尊重。

对于合不来的人，他可是盛气凌人，谁要是触犯了他，他会气呼呼的像一头公牛。

我小时候对此很不以为然。我觉得，一个做父亲的对他的妻子或者孩子，或者一般亲戚，吼这么两声，是很自然的。一个人让他的雇员完全按他的命令行动，那好像也是很自然的。到处都是这样，我也就不觉得有什么不对。可是父亲不是以此为限。他要别人都听他的，连他在报纸上读到的人也得听他的，连历史上的人物也得听他的。要是发现他们不合他的意，他必定要痛骂一顿。

他对于街上看到的人也一样。有时候，他坐在街车上，环顾周围的乘客，就像一位上校皱着眉头检阅军装不整齐的一团兵士。他并不要求这些乘客全都是银行家或是律师或是俱乐部会员——当然，如果是，当然更好——可是他要求他们穿戴整齐、态度高尚，并且自尊自重，像他那样。谁要是没把坎肩儿的扣子扣上，谁要是让领带松开，谁要是仪容不整，他就朝他们瞪眼，就像是都应该推上绞架。他说他最恨邋里邋遢的人。他说他们叫他受不了。

我问父亲:“他们衣冠不整与您有什么关系?”父亲不解释。他要是只在心里讨厌他们,我能理解,因为什么事情应该怎么样,他有他的坚定的看法。可是,干吗火气那么大呢?

有一天我在一本杂志上看到一篇文章,恰好讨论这个问题。这位作者说,没有任何“自我”应该觉得完全独立。它应该把别人当作它的别的“自我”——它的化身。这完全不是我对待别人的看法。我总觉得人们应该全不一样;如若不然,我倒会觉得奇怪。这位作者说,只有孤僻的人才会那样想。这且不去管它,至少他这个意见使我能够理解父亲的态度。如果他只是把别人看作他的化身,那就无怪乎当别人的举动不像他的时候,他就要火冒三丈了。

父亲天天早晨坐在饭厅靠窗的大圈椅里看报,他要看看他的化身们昨天以来搞了些什么名堂。要是他们没有什么出轨的举动,他就翻过去看经济新闻,或是念一两篇社论——也只能一两篇,多了他受不了。他说这些社论全都是稀汤薄水。可是如果市长老爷又不遵守父亲的标准,或者汤麻尼会堂又有什么举动,不管是好是坏,父亲就要对我们这些孩子或者母亲大骂一通这些胡作非为。

很长一段时间,我们家谁也不参加这些政治议论。这很合父亲的心意。他出气的时候不要别人拦阻，甚至不要别人帮忙。可是不久之后，母亲开始参加一个每星期二一次的时事学习班，这是热心的青年妇女埃德那·古立克小姐组织的。古立克小姐脑子里装的主要是社会、音乐、文学这些事。虽然对于政治或者工业问题，她并不怎么深入探讨，只是浮光掠影地在表面上指指点点，可是她指点得非常巧妙，让母亲觉得什么都一清二楚，最复杂、最不好懂的问题都好像简单得连小孩子都懂。

有一天，正是一次时事学习班的第二天，父亲正全心全意攻击哈里森总统和一个名叫威廉·麦金莱的人，因为他们要通过一个新的关税法案，要不顾一切地把美国毁掉，正当这个时候，母亲大胆插嘴了。她说她相信总统的意见是对的，只是不幸的是他的意见说得不怎么高明。

父亲很不高兴，把报纸放下。“你懂得什么？”他问。

母亲很坚定地宣称：“古立克小姐说她问过最可靠的权威人士。她说总统祷告上帝给他指路，她说总统是个心肠很好的人。”

父亲说：“总统是个笨蛋，而且我非常怀疑他是个坏蛋。而且我向上帝祷告，你屁都不懂的事情别张嘴。”

母亲说：“我懂着哪！古立克小姐说，每一个懂事的妇女都应该有她的意见——关于这个关税问题，关于资本家和劳工，还有这个那个。”

父亲好像闻所未闻，说：“真该死！我倒要请问，古立克小姐是何许人也？”

母亲说：“我不早就告诉过你了吗？她就是那个搞时事学习的，每星期二，门票一美元。”

父亲问：“你是说有一伙无聊的女人每人出一块钱去听另外一个女人瞎叨叨时事新闻？你要是想知道点儿时事，你听我的。”

“可是，亲爱的克莱尔呀，你一张嘴就那么激动，说起话来又长又大声，我就没法子听懂你的意思，关税啦，罢工啦。”

父亲一边气冲冲地穿大衣，一边说：“一个公民的责任——”他的话没说完，母亲不让他打断她的话。

“我们为什么喜欢古立克小姐还有一个理由，”母亲接着说，“她说和气比论证更重要。她说，她在报纸上看到罢工的事情，觉得很难受，因为资本家跟工人不难学会和睦相处。”

父亲冲出大门，使劲把门带上，在第一级台阶上扣上大衣末了一个扣子。我听见他对安静的麦迪逊大街上的几个吃了一惊的行人嚷嚷：“我不知道这个世界要变成什么样子。”

父亲让电话进门

Father Lets in the Telephone

直到十九世纪末为止，父亲一走进家门，把大门关上，就把整个的世界关在外头了。电话已经发明，但是大多数人家都没有安上，父亲也没有安。谁要找我们说话，只能登上大门前边的台阶来拉铃；要是深夜里铃响了起来，父亲就打窗户伸出脑袋去看是谁。他不觉得这有什么——自从人们建造家室以来，一家家就互相隔绝，这是极其自然的事情。

隔段时间有这么一次，一个报差送份电报来给父亲或母亲——一年里头也许有个两三次。电报大概没有好消息，因此我们很怕有电报送来。

第五大街上是不准竖电报杆子的，但是在别的街上，电报杆子就绵延不断。我们家里也有铜线，不错；我们把它安在墙壁里边，用来拉铃；可这是老老实实的旧式铜线，要让它发生作用必得使劲拉。那里头没有叫作电气的那个危险品。电气太危险了，不能让它跑进家里来。我们孩子全都弄不明白电气是个什么东西。我们只知道伊甸博物馆里有电池，谁拿出二十五美分来，就能买它一跳。来尝试的人要在他所能禁受的范围之内给自己最厉害的一跳。我们去尝试的时候全都非常小心，只有乔治得了个惊人的体验。他右手拿起那个东西的一头，一路往高处移动，度数表指到远在我们所能禁受的界限之上的“电流”，他还是兀然不动，好像电气管他不了似的。那个女管理员这才发觉乔治的左手没有拿着另外一头。他不知道应该这样。那位管理员告诉他，要一只手拿一头才能感觉电流通过，他立刻抓起左手那一头，可是没有先把右手这一头从度数高处移下。这一下可把他跳厉害了。那位女管理员吓得直叫唤，几个服务员抢过来把电流切断，这才没事。我们在旁边看着，又好看，又吃惊。

许久之后，电报公司把父亲说动了，让他们在我们家里安一个崭新的发明，安在背后那间卧室的一扇窗户的里边，那个地方不会碍事。这个新发明是一个小小的带把手的金属匣子。这里头伸出一根铜线，连到外边的电线杆子上，这根线上虽然有电，可是只有一点儿，公司保证它没有危险。那个把手做得跟我们用惯了的拉铃的把手一模一样。我们把它一拉，那个匣子就嗤嗤地响，不知是怎么样的，这就发出一个信号到最近的电报局，那儿据说有一排供奔走的孩子等着。局子里得了信号就派一个孩子到我们家里来听我们使唤。

这个“嗤嗤响”——我们管他叫这个——在我们看来跟阿拉丁的灯一样神异。公司的说明书上说，多拉拉它，让它多嗤几下，就能把警察，甚至消防队叫来。

一个警察要多久才能过来，我们没有过试验的机会。一个跑腿的孩子，要花二十到四十五分钟——这是说，倘若我们运气好。电报分局离我们家差不多有一英里，它那儿跑腿的孩子也没有几个。要是我们拉信号去叫人的时候刚好都派出去了，局子里管事的也没有法子告诉我们。我们也许着急。他是不着急的。他静静地等候，等到有一个孩子已经给别人家送完信回来。

有些时候，下雨下雪，有朋友要送个信给我们，或是临时通知不能赴席，就会有一个送信的孩子突然跑来，让我们大吃一惊，因为我们并没有拉那个“嗤嗤响”。他站在大门外头，帽子背后挂下一个黑的橡皮雨帽，雨水打那上面滴下来，他哈着冻僵的手指，跺着脚，使劲地拉铃。我们把门打开，他就塞进一封湿透了的信，粗声粗气地叫我们在一张又小又脏的纸条上面签名，并且注明收信的时刻。

所有这种耽误，我们只有忍受。没有别的机构可用。反正大家也难得用这种信差——不但慢，而且费钱。我们有信自己送。

电话发明了，能用了，还是没有几家愿意装。我们全都用惯了“嗤嗤响”。送信的孩子确是够讨人嫌的，忽然在门口出现，递给你一封信，还要等你的回信。但是他们一年里头只来几次。电话就难说了，也许一个星期就来一个。大家承认电话是个灵巧的机器，大家都想知道它怎么能让人通话，可是谁也不想安个电话，正如不想买个气球或是潜水衣。

事实上，有一阵子，住家安了电话也没有多大用处。既然是除了证券商人之外，谁也没有这个东西，你家里安了电话也找不着通话的人。电话公司寄给我们一些传单，大肆吹嘘，说是哪家大百货商店已经装了电话，又是哪三家银行已经有一家定了一部，还有几位进取心强的医生也打算装。可是，尽管大家都隐隐约约地知道，一部电话是一大便利（要是家家都有一部的话），可大家都采取观望政策，等别人家全都安上了电话他才安。

父亲的事务所里不得不安个电话，可是他自己不用，他把它装在公事房的后间，接电话、打电话是记账员的责任，有必要的时候再把话传给父亲。打字机和胶版复印机也都放在后间。可是要说是把这些业务上的设备安置在住宅里，那就太荒谬了。

母亲跟父亲意见一致——她也不喜欢电话。凡是机器，无论哪种，她都信不过；它们没有人性，它们会跳，会炸，叫她紧张。她不知道它们会给她搅出什么乱子。电话这个东西尤其危险。他们害怕，要是在雷雨之际站近了电话机，就会让雷打着。就算不是雷雨天，那电话机也许会让他们触电而一跳。他们在旅馆或是公事房里看见电话机，就远远地站开，打电话的时候也是小心翼翼地把听筒拿在手里。用电气用到了靠它传话，真是怪而又怪；这个古怪的玩意儿，母亲是碰也不愿意一碰。而且，她说，她要跟谁说话，非看见那个人不可。她不愿意跟墙壁上的一个匣子里出来的声音交谈。

可是，一点又一点，一年又一年，电话用开了。有几家大菜场和杂货店都安上了电话。马车行也安上了。有几家药房也安上了。而且一年里头有几次，父亲得了重伤风不能到事务所去的时候，也觉得要是家里有个电话，在营业上也是一种便利。

经过了十年或十五年，虽然他还有几分不以为然，可终于在家里安了个电话。电话机安在二楼的墙上，各个人都听得见它的震耳的铃声的地方。我们并没有怎么欢迎它。在我们的眼里，它是冒冒失失的不速之客，而且从一起头就会捣乱。它的铃声难得响，可是响起来老不是时候，专挑二楼没有人接电话的时候。母亲一边撩起裙子往楼上跑，一边大声答话："来了！来了！"可是这个坏性子的东西还是叮叮叮地直叫唤。父亲也不能把它当死东西看待。他不肯像母亲那么让它催得三脚两步赶上去，他要骂它咒它。

从此以后，外面的世界开始随意闯进我们家。这是不容易适应的，连母亲都觉得有点太厉害。父亲更不用说，他拿凶猛的怨恨来对付这种侵略。有人打电话给他，而他不能一下就听出是谁，他要对他伸拳头，可是对面只是一个小小的听筒，叽叽咕咕地跟他说话，父亲说这个简直受不了。"说话呀，说话呀！"父亲朝电话机直嚷嚷，涨得满脸通红，"什么事？你是谁？你说的话我一句也听不清。一句也听不清，我跟你说。"

"克莱尔，你让我来接！"母亲大声叫唤着冲了进来。

"我不让你接！"父亲咆哮着回答，也不让嘴离开听筒，"请你别来管我，我要弄明白这家伙是谁。哈罗！我说'哈罗'，你听得清楚不？你是谁？哈罗！……什么？……哟，是你吗，尼古尔斯太太吗？"这会儿他的声音就会软和一点，有时候竟颇为客气。"是的，戴太太在家。您近来好？……喔，您要跟戴太太说话吗？……呃？……很好。请您等等。"他

这才让母亲到墙上的小匣跟前来。

当父亲自己打电话出去的时候，他常常跟接线员生气。他说她是个聋子，她是个笨瓜，他说她不尽职。要是她说那个号码没空，他可不管：“我不能一天到晚坐在这儿等着。没空？该死的没空！”

父亲老以为，凡是电话铃响，准是找他说话。他从来没想到也许是母亲的电话，也许是我们弟兄里头谁的。他有时候也让别人去接电话，可是要不断地大声问是谁来的电话，为了什么事情。我们得在他的嚷嚷之中努力辨别电话里头的话。要是我们说这个电话是跟他没有关系的，他简直不能相信，必得要我们说清楚是谁找谁，什么事，他才放心。

有一天，我一个新认识的朋友，一位搬进贫民窟里的社会服务处去住的小姐，打电话来约我去吃午饭，在座有几个来美国游历的俄国人。父亲接的电话。“是的，我姓戴。说话呀！别这么含含糊糊的。你是谁？……什么？吃午饭？我已经吃过了……星期五吗？星期五我也不想跟你吃午饭……不……哪儿？你说的是哪儿？……利文顿街？见鬼！……是的，我是克莱伦斯·戴，我早就告诉过你了。不必再说……跟你在利文顿街吃午饭？我的天！我一辈子也没有听过这回事……俄国人？我不认识哪个俄国人……不，我也不想认识俄国人……不，我没有变。我从来不变……什么？……再会，太太。”

“爸爸，我想那是我的朋友。”我说。

“你的朋友！”父亲叫了起来，“哼，听起来像一个不要脸的摆地摊的女人，跟我闹个不休，要我陪她在贫民窟的什么地方吃午饭。总而言之，我受不了。我要把这个混账东西拆了。”

编辑说明

本书中《父亲教我守时刻》《父亲企图叫母亲喜欢数字》《父亲的旧裤子》《父亲钉扣子》《父亲一夜没睡好》《父亲要别人都跟他一样》《父亲让电话进门》七篇故事为语文教育学家吕叔湘先生的经典译文，编辑过程中文字略有改动；其余篇目均为儿童文学作家程玮女士翻译。